アリストテレスのまぼろし工場

岡田麿里

角川文庫
23692

見伏《みふせ》で暮らす人のほとんどは、製鉄所で働くことになる。

菊入正宗《きくいりまさむね》の父も、祖父も、叔父《おじ》も。皆、もれなくそうだ。よほどの強固な意志が目覚めなければ、きっと正宗もそうなるだろう。

痩《や》せたこの土地に新見伏製鉄ができたのは、祖父がまだ若かった頃。おかげで他所《よそ》から人は集まってきたが、いくら栄えても新しくできるのは作業員をターゲットにした飲み屋ばかり。子供向けの娯楽施設などはほとんどなく、どこかうら寂しさは残った。それでも、見伏に生まれただけで太い就職先のコネがあるようなもので、暮らしもそこそこに潤い、なんとなくの発展性のない気楽さを誰もが持っていた。

製鉄所は、ひっきりなしに煙を吐き出す。

ただでさえ山に背後を塞《ふさ》がれ、海側の眺めも入江に阻まれた、風通しの悪いこの土地だ。製鉄所の煙はここで生まれてここで死ぬ、見伏で人生を終始する人々に向けた火葬場の煙のようだと、中学生らしい思考で正宗は思っていた。

でも、あの夜の煙は違った。

『ラジオネーム、よく寝る子羊さん。受験なんてもうやだ。誰か助けて、死にそう』

あの日、菊入正宗は友人達と受験勉強をしていた。

炬燵《こたつ》に入って、ラジオをかけながらだらだらと。小太りでお調子者の笹倉《ささくら》は、堂々と漫画を読んでいる。「今を生きろ、この瞬間を！　くらえ、哲学奥儀エネルゲイアぁあああ！」自分とは正反対な、華奢《きゃしゃ》で気弱そうな仙波《せんば》に体当たりをかける。「痛いって、もう、ちゃんと勉強しなってば」

つけっぱなしのラジオから流れるのは、ＤＪの高くて癖のある声。

『今は逃げ場がない感じ。なりたいもんもないし、未来にきょーみなんてないし。どこまで行っても、暗闇って感じで』

年の離れた兄の影響か、服装も態度も大人びた新田《にった》が「どーでもいいこと、わざわざラジオに送んなって」と鼻で笑った。「受験なんかで、生きるの死ぬのって。馬鹿らしい」

見伏には、高校が三つある。制服のダサい女子高と、同じく制服のダサい工業高校。

大学進学する者はほとんどいない普通高。見伏の外に出ようとさえしなければ、受験勉強はそこまで高いハードルではない。

「新田は大学行くんじゃないの？」

「まだ決めてない。仙波は？」

「俺は……まあ、どこでも。どうせ製鉄所に行くんなら……」

笹倉は「なーんだよ、夢がねぇなあ」と、やれやれと大げさに両手をあげてみせた。

「じゃあ、笹倉は将来の夢とかあるの？」

「俺？　俺は、佐上睦実《さがみむつみ》のヒモ！」

黙っていた正宗の肩が、ぴくと揺れる。新田はまた、呆《あき》れたように鼻を鳴らす。

「どこがいいんだよ、地味じゃん」

「あの押しに弱そうな感じがたまらんだろうよ。突き押し、突き押し！」笹倉は、なにかあれば、すぐに仙波に手を出す。「痛いって！」

皆がじゃれているあいだ、正宗はむすっとした横顔を見せていた。髪も長めで中性的な顔つきの正宗だが、佐上睦実の話題となると目つきが悪くなった。

睦実は、新田の言う通り目立たない女だ。他の少女達よりもわずかに背が高くすらりとした鼻筋、見た目はそこそこなのに、いつもはにかむように笑って、前に出てこようとしない。睦実の声を脳内再生すれば「やだ、もう」「本当に？」。アニメの男子キャラ同士がやたらじゃれつく絵を見てきゃっきゃと女子達と笑いあうのだが、その音量も少しだけ、まわりと比べると小さかった。

どれも、能動的に憎く思えるような要素ではない。しかし正宗には、彼女の行動のひとつひとつがなんとなく気に障っていた。

「まあ、なにを目指すにせよ大切なこたぁひとつ！　俺らは皆、幸せになるために生まれてきたんだからよ……」

芝居がかった調子で喋《しゃべ》りながら、笹倉は炬燵の上の菓子をつかみ、商品名を高らかに叫んだ。

「ハッピー、ターン！」

そして、ぶうううっ。狙いすましたタイミングで、笹倉が思いきり放屁《ほうひ》した。炬燵布団に阻まれ、微妙にくぐもった音ではあったが。

一斉に「ぎゃあ！」と叫び、正宗達は慌てて炬燵から飛び出す。

「何、炬燵んなかで屁《へ》ぇこいてんだよ！」

「うわ、ジュースこぼれった」

「腹腐ってんじゃないのか、漬物みたいな臭い……！」

部屋の空気を総とっかえするために、正宗が勢いよく窓を開けると、足元がふらつくような衝撃が襲いかかってきた。激しい揺れから間髪を容《い》れず、腹をズズズンと貫くような深く重い爆音が続く。

「え、なんだ……？」

「おい、あれ見ろよ!?」

顔をあげれば、製鉄所の方向が赤黒く明滅しているのが見えた。工場が燃え上がり、濃い星空を鮮やかな赤に染めたと思いきや、黒煙がぶわっと急激に広がってくすぶった闇夜にグラデーションをつけていく。

「火事!?」

「お、おい。お前らの親父、大丈夫かよ！」

笹倉の家だけは電気屋だが、新田と仙波の父親も製鉄所勤務だ。そして、正宗の父親である昭宗《あきむね》はまだ帰宅した気配がない。

正宗の心臓はばくばくと音を立て、一気に汗が噴きでてきた。それも、凍りつきそうなほど冷たい汗だ。ラジオはこちらの都合などかまわず、声を垂れ流し続ける。

『でも、もし高校受かったら。私、変わる。髪も染めて、部活も頑張って、日記だって毎日書く。だから……』

「ああああああッ!?」

製鉄所を包む赤は、ぶわあっと見伏の空を覆いつくすように巨大化した。さらに何かに引火したのか閃光《せんこう》が走り、正宗達の視界が一瞬白く弾《はじ》けた——……。

……気づけば、正宗達は炬燵に入っていた。

ジュースはこぼれておらず、炬燵の上のハッピーターンもまだ手付かずのままだ。

正宗達は、指先一つ動かせずに固まっていた。何が起こったのか、何もわからないのに、猛烈にわかっていることがあるような気がして。そのヒントを見つけるためにも、ぴくりとも空気を動かしたくなかった。

ふくろうの壁かけ時計の目玉が動く音が、かっちかっちと響いて煩《うるさ》い。

『今は逃げ場がない感じ』

正宗達は、ちらと視線を交わした。お互いを睨《にら》みつけるような、何かをうかがっているような目をしている。ラジオは、先ほどと寸分たがわぬ台詞《せりふ》を吐く。

『でも、もし高校受かったら。私、変わる』

その言葉を契機に、正宗達は顔をあげると、部屋から飛び出した。

「正宗！」

正宗達が玄関で靴をひっかけていると、居間から母親の美里《みさと》が顔をだし、ひきつった表情で「行くの？」と聞いてきた。美里も何かを理解している様子だった。正宗は、小さく頷《うなず》き玄関の引き戸をガラと開ける。

外へと一歩足を踏み出して、正宗達はぎょっとなった。

「ひび割れ……？」

落としてしまった鏡のように、冬の夜空に巨大な亀裂《きれつ》が入っているのだ。

亀裂はやけに神経に障る音をたてて、ぴきぴき……と広がっていく。その隙間から光がおりてくる姿は、妙に神々しい。

「……ぁ……」

正宗の頭の中に、先ほどのラジオの台詞がぐるぐるぐるぐる回っていた。『もし高校受かったら。私、変わる。髪も染めて、部活も頑張って、日記だって毎日書く。だから……』そこまで思い返して、正宗は小さく呟《つぶや》いた。

「だから——……お願い、神様」

次の瞬間。製鉄所から生み出される煙がぐねぐねと動き、生き物のような形をとった。まるで龍《りゅう》のような……いや、違う。

狼だ、と、正宗は思った。

逆立つ毛並みのような煙の質感と、群れを成し空を駆けるその姿。風を切りさく音が、おおおおお……と遠吠《とおぼ》えのように聞こえる。

「!?」

狼の群れは上空でぐるりと向きを変えると、猛スピードで降下してくる。そのうちの一匹が、牙《きば》をむいて正宗達の方向へ迫ってきた。

「うわあああッ！」

煙の狼は、正宗達のすれすれを通り過ぎていく。髪を、服を、吹き飛ばし引っぺがしていきそうな凄《すさ》まじい風圧に、正宗達は転がるように身を伏せた。

「あ」

軌跡を見せつけるかのように、四方八方に散っていく狼の群れ。空のあちこちで発生しているひび割れめがけて、今度は急上昇していく。

煙は亀裂に食らいつくと、嚙《か》みちぎるのではなく、ひびの隙間にその身を潜りこませていく。すると、ひびはパテで埋められたように修復され、しゅうう……と消えていく。同時に煙の狼も霧散していき、あたりには完全な漆黒が訪れた。

正宗は思った、何もかもがよくわからない。でも一つだけ、確実なのは。

神様は、俺達の願いは叶《かな》えてくれない。

＊

近頃、菊入正宗の周りでは『気絶ごっこ』が流行《はや》っている。

まずは下準備として、ぺたんとその場に座りこみ、大げさに何度も深呼吸する。外気が肺に充満しまくったところですぐさま立ちあがり、両手を胸の前でクロス。そいつの中心あたりを、背後から抱きしめるようにして、他人にぐっと押しこんでもらう。

「せー、のっ！」

すると意識が、唐突に、ぶつんと途切れる。

夜に眠っている時ですら、ゆるゆると繋《つな》がっていたような気がする自分の『生まれてから今までの時の流れ』が、ざっくりと分断される。ハッと気づけば、笹倉達が自分を見下ろして笑っている。

「今、ぶへぇとか言ってたぜ。ぶへぇって！」

「お、瞳孔《どうこう》戻った」

それでも自分は、気を失ったこともぶへぇと鳴いたことも覚えていない。自分のことのくせに、まったくの他人《ひと》ごと。軽くにじむ鼻血を手の甲でぬぐい辺りを見回せば、面白みのない煤《すす》けた校舎の白壁に、黄色いワッカがあちこち浮かぶ。

自分が、自分である確証を、ぶん投げる。

今の正宗には、最高に胸のときめく遊び。この危険な遊びは教師によって禁止されていたが、それでも正宗達はこっそりと校舎裏で嗜《たしな》みつづけていた。

正宗は崩れ落ちたまま、意識が戻ってもぼうっとしていた。その曖昧《あいまい》な時間は他者が侵害してはならないもので、今日も笹倉達は放置してくれていた。

「次は誰やる？」

「こないだ俺、死ぬ寸前だったかんな！」

皆の声を聞き流し、正宗は頭上に目をやる。茶色い木々の先に、校舎の屋上のフェンスの錆色《さびいろ》。その網目の向こうに華奢《きゃしゃ》な足の人影があった。

佐上睦実だ。

短いソックスを、ぴったりと履いている睦実。軽く覗《のぞ》かせるくるぶしの鋭角さは、睦実が処女であったり数学が得意であったり背筋がぴんと伸びていたりなど、あらゆることに潔癖な少女であることを見せつけているようだ。

目立たない、気の弱そうな少女。かなり前に正宗が持っていた睦実の印象は、すでに忘却の彼方《かなた》だった。正宗の視線を確認すると、睦実は驚くほどの冷たい瞳《ひとみ》を見せた。自分の友人達に見せる、かったるい笑みとはまったく違うもの。それに、

「俺に、パンツ見られるとか思わないのかよ……」

「え、なんて言った。パンツ？　ちびったか正宗？」

笹倉のつっこみも耳に入ってこない。

睦実に馬鹿にされた、正宗はそう感じた。男として見られていないのだ。

唇を半開きにして、自分に完全に心を奪われた正宗を認めると、睦実は笹倉達に気づかれないうちに、屋上の向こうへと消えた。赤錆《あかさ》びた階段を降りて廊下に足をつけた瞬間から、冴《さ》えない少女に擬態するのだ。


教師がなかなか来ずにざわつく、帰りのホームルーム。

笹倉は、女子達と会話する佐上睦実を見つめたまま「だーから。そうじゃなくってさあ」などと、わざと大きな声で新田と会話している。

笹倉のわかりやすい視線に「ほら睦実、見てるよ？」と耳打ちするのは、小柄で甘ったるい声の安見《やすみ》だ。「そんなことないってば」睦実は恥ずかしそうに頭《かぶり》を振るが、

学級委員長の原《はら》は「馬鹿じゃないの、笹倉。さかりがついちゃって」とあからさまに嫌そうに眉《まゆ》をひそめる。

「いいじゃん。ね、ほら。手とか振ってあげれば？」

「もうっ。だから、そんなことないってば……助けて、そのべー！」

睦実は救いを求めて、隣の園部《そのべ》に抱き着いた。園部は、がっしりとした肩幅とごわついた髪質のショートヘアの少女だ。園部は口元だけで、曖昧に笑う。

睦実の様子に「かわいい、照れちゃって」と笹倉はご満悦だ。そんなやりとりを横目に、正宗の心は冷えていく。そこに、ガラッと扉が開き教師が入ってきた。

「おい。自分確認票、出してない奴。とっとと出せよ」

正宗がしらばっくれて窓の外に目をやると、教師は追撃した。

「菊入、お前のことだぞ。お前の！」


夕暮れ時の製鉄所は、せっせと煙を吐き出す。正宗達は堤防に腰掛け、冬だというのにアイスを食べている。

「正宗は考えすぎなんだよ。確認票なんて、適当にかたしゃいいだろ」

新田に冷たく言い放たれ、正宗はうつむいた。

「そんなこと言ったって……将来なりたいもんとか、どうすんだよ」

「そんなもん。新見伏製鉄に就職希望、そんだけでいい」

正宗は、そりゃあな、と気のない返事をする。と、横から笹倉が割り込んできた。

「あー、佐上はなんて書いてんのかな。女子アナかなぁ」

「ないだろ、地味じゃん」

「人前に出るの、苦手そうだもんね」

あまりにも皆が睦実をわかっていないので、正宗は鼻で笑いそうになった。

「でも、なんにせよ無理じゃん。女子アナって、大学出なきゃなれないだろ。無理だ」

睦実はクラスでもそこそこの成績だ。しかし、彼女の大学進学を新田は無理だと言い切り、皆もそれを否定しない。見伏という土地が、そう思わせているのだ。

「ひさびさ、飛ぶか?」

空気を変えるように明るい声をあげ、笹倉は堤防の上に立ちあがる。そして「笹倉、行きまぁーす!」と勢いよく叫ぶと、両手を広げて何度かはばたく真似をし、飛び降りた。

「おーおー、頭から落ちろ」

正宗は、黙って笹倉の後に続いた。軽く飛びあがって、着地。

足の裏に、軽くじんという感覚があるような気がする。気絶ごっこが流行る前は、毎日のように飛び降りる場所を変えていた。テトラポッド、堤防、駐車場の屋根。

正宗は「うん」と痛みを反芻《はんすう》し、顔をあげた。ベタ塗りの油絵のような山が、冬だというのに部分的にやたら濃い緑を見せている。

「今日は、息。白いな……」

吐き出す白い息の軌跡を見上げれば、その背景に、さらに濃さのあるモヤモヤした白いかたまりが移動していく。

「あ、狼だ」

製鉄所から、サイレンが鳴る。

製鉄所から生まれる煙が、あの日のように狼の形をとっていく。いつしか、正宗だけでなく皆がそれを狼と呼ぶようになっていた。オオオ……と叫びながら去っていく狼の先を見れば、空にわずかに亀裂《きれつ》が出来ている。正宗達が気づかないようなわずかな亀裂も、狼の嗅覚《きゆうかく》では容易に探しあてられるらしい。

それらの小さな亀裂に狼が食らいついて、空は元の姿に戻る。サイレンもやむ。

何事もなかったかのように狼はすうっと消え、正宗の足の裏の痛みらしきものも感じられなくなっていた。

田舎の、冬の夜だ。あたりは重さのある闇に落ちて、じじと虫の羽音がするが、生物が生きている気配はない。ただの古くなった街灯の音だ。

狭い玄関前スペースには、誰に何を見せたいのかわからない飾りが置かれている。帰宅した正宗は、センスを微塵《みじん》も感じさせない葡萄《ぶどう》のレリーフが入った扉を開け、軽く「ただいま」と呟《つぶや》いた。

「あ、正宗。もうできるよごはん」

台所から、母親の美里が呼びかけてくる。居間をひょいと覗きこむと、焼酎《しょうちゅう》をちびちびやっている時宗《ときむね》と目があった。

「よ、お帰り」

「おじさん、来てたの」

時宗は、正宗の父親の弟だ。製鉄所の作業着を着替えもせず、炬燵《こたつ》でくつろいでいる。座椅子には、祖父の宗司《そうじ》が背中を丸めておさまっている。宗司は深夜以外はいつもこの定位置にいて、代わり映えのしないドラマと代わり映えのしないニュースしか流れないテレビをじっと見つめている。

「はい。今日はしょうが焼き」

菊入家では、ほぼ同じ食事をローテーションしている。餃子《ギョーザ》、魚の煮付け、魚の照り焼き、鳥の照り焼き、しょうが焼き、ソーセージをソースで炒《いた》めたもの。これと違うメニューが出てきたことはほとんどないが、それでも美里は「今日は○○」とメニュー発表を欠かさない。しかし、一つ根本的な問題がある。

「うちのしょうが焼きって、生姜《しょうが》入ってない。にんにく焼きじゃん」

とりあえずの疑問に、美里は手をひらひらと振りながら、

「見た目が『おんなじよう』なら、本物とたいして変わんないよ」

「そ、義姉《ねえ》さんの言うとおり」

茶化すように口にした時宗を、じろりと睨《にら》む美里。

「時宗、来るとき前もって言っといてよ。ご飯二合しか炊いてなかったんだから」

「もうもう。俺は、これさえあれば……」

空になった焼酎のグラスを時宗が持ち上げると、男の声が『待てよ！』と粒子の粗いテレビから響いてきた。宗司がしょっちゅう見ている刑事ドラマだ。土砂降りの中で、犯人らしきオーラをぷんぷん漂わせる女相手に、刑事が涙ながらに叫ぶ。

『俺は、すべてを知りたいんだ！』

「すべてを、知りたい」と、なんとはなしに口の奥で繰り返してみる。しかし正宗の

呟きは、誰にも気づかれなかった。

「あ、そうだ。お爺《じい》ちゃん、また庭の水道出しっぱなしにしたでしょ」

美里の小言に、宗司は「ん」と否定もせず積極的に肯定もせずに頷《うなず》いた。それにあわせ、時宗も空のグラスを持ち上げて「ん」とやった。

「まったく、うちの男連中ときたら！」


食後、正宗は自分の部屋でぼんやりと自分確認票を眺めていた。

見伏で生きる人々は老若男女問わず、定期的にこの票を書かされる。年齢性別血液型、住所などの当たり障りのないものから、自分が何を好きか、誰を好きか、ふとした気持ちの変化などの言語化しづらい不確かなことまでを、細かく書きこまされる。

それらは、なるべく変化しないことが望ましい。

変わるということは、本来の自分から遠ざかるということだ。ありのままの自分というのは存在し、それにしがみつかなければどんどん偽物になってしまう。

正宗は、確認票の端に自然と絵を描き始めた。

膝《ひざ》を抱えて座る少年の体に茨《いばら》が絡みつき、その肌にとげが食いこんでいる。いかにも思春期といった感じの絵だが、執拗《しつよう》な描き込み量のせいでどんどんそれらしくなっていく。もともとゲームが好きだった正宗は、あるRPGのバタくさいイラストレーターの絵に衝撃をうけ、真似て描くうち絵が好きになっていたのだ。

「よ」

風呂《ふろ》上がりの時宗が、煙草を手に室内へと入ってくる。正宗は慌てて、確認票を裏返す。

時宗はベランダに腰を掛け、置きっぱなしにしてある缶の灰皿をつかみ引き寄せた。煙草に火をつけると、なぜか不味《まず》そうに眉《まゆ》をひそめる。

「生臭っていうんだろ、酒とか煙草。神様のもとで働いてるくせに」

「あの工場は、勝手に動いてるからな……俺らのやってるのは、仕事の真似事だ。朝礼やって、ちょいちょい点検して……」

ふうと、煙草の煙を吐く時宗。軌跡の先には、夜になってもまだ稼働している製鉄所がある。けれど、もう作業員は誰もいないはずだ。

「……あとは、煙の行方をチェックして。そんなもんだ」

正宗は、興味なさそうに鼻をならす。時宗は軽く微笑んで、言葉を続ける。

「さっき。絵、描いてたろ……製鉄所の月報、挿絵描いてみないか？」

ぴくりと背中で反応した正宗は、ふうとわざと大きく息をついてみせる。

「変に気を遣われると、こっちが気持ち悪いから」

「お前ね。子供がそーいう……」

言いかけた時宗を、正宗はまったく返答を欲していない風で遮った。

「子供じゃないでしょ。大人になれる『あて』はないけど」

時宗が言葉につまったところに、甲高いサイレンがまたも製鉄所から響いてくる。

製鉄所から現れる、煙。昼は灰色がかって見えたが、闇の中では白い毛並みをもつようにに見える。煙の狼は、空にわずかにできたひび割れに向かっていく。

ひび割れも夜の闇の中では、濃い青緑に黄色や桃色を散らして、ぎらぎらと輝いている。しかし、それもすぐにまた、煙によって埋められた。

「今日は二度目か、近ごろ多いな……」

時宗がつぶやいたが、正宗は応《こた》える気にならなかった。

＊

翌朝。学校では、ちょっとした事件があった。

園部が、上履きをはいていなかったのだ。

朝早くから園部は教室にいて、足元を隠すようにして座っていたので、最初は正宗以外誰もそれに気付かなかった。しかし、女子のリーダー格である原が「やだっ。そのべー、どうしたのそれ！」と甲高い声をあげたことで、皆が園部の足元に注目した。白い靴下の裏は、埃《ほこり》で薄汚れていた。

騒ぎの中に教師がやってきて、園部から話を聞きはじめた。園部の声はもぞもぞとよく聞き取れなかったが、いちいち「ひどい！」「誰がやったの、そんなこと！」などと騒ぐ原や安見によって、園部の上履きが何者かに盗まれたことを教室にいる皆が知ることになった。睦実は他の女子達と同じように「そのべー、大丈夫？」と心配そうな顔で、園部の背中をさすってやっていた。

「これってさー、いじめじゃねぇの？」

そこで、笹倉が言い放った。わざわざ言わなくても皆が気付いているような事実を、改めて明るみに出せる奴というのは、本当に貴重だ。

笹倉の言葉に、園部がわっと顔を手で隠して泣き出した。

それをきっかけに、誰がやったの最低、姿を隠して卑怯《ひきょう》だと思わないのか、絶対に許さない……など、女子達が一気にまくしたてはじめた。

睦実は、園部の背中にずっと手をおいたままだ。しかし正宗には、その手はただ

『そこにおいている』という事柄以上には見えなかった。

昼休み。正宗は笹倉達と一緒に、いつもの気絶ごっこを始めようと校舎裏へやってきた。しかし正直、その気になれなかった。

「お、セーフ。先公行った、正宗やるか？」

笹倉は、正宗の背後から腕をまわした。するとテンションがあがらぬまま、流れ作業のように胸の前で腕をクロスする。すると、笹倉はにやりと笑って「正宗ぇえええん」と、甘ったるい声をだして正宗の胸を揉《も》みはじめた。

正宗は、「やめい！」と笹倉から逃れようとする。

「おい笹倉、正宗相手に発情すんなよ」

「だって正宗、後ろ姿だけだと女みたいなんだもんよぉ」

「お前のがでぶだし、胸でかいだろ！」

正宗に言い返された笹倉は、自分で自分の胸を揉み、「オウ、エロティック」とふざけてみせた。あははは……と笑う新田と仙波につられて、正宗もつい笑ってしまう。

しかし、何気なく顔をあげた瞬間、その笑顔が凍りついた。

屋上には、佐上睦実が立っていた。しかも、自らのスカートの裾《すそ》に手をかけて。

びくっとなり、正宗は慌てて視線をそらす。

「どうした、正宗？」

「あ、いや。俺は後でいいや、先にやっていいよ」

「お、じゃあ俺やるやるぅ～♪」

皆が気絶ごっこを再開するのを確認し、再度そっと顔をあげる。睦実も、正宗だけがこちらを見ていることを確認して。そして……スカートの裾を、わずかにたくしあげた。

「……ッ⁉」

かあああっと全身の血が、下腹部ではなく頭のほうに上っていった。

パンツが見えて、嬉《うれ》しいなどという気持ちはない。恥ずかしさのような悔しさのような、怒りのような。ただただ、強烈な苛立《いらだ》ちが正宗を襲う。

気づけば正宗は、校舎に向かって走り出していた。

「おい、どこ行くんだよ」

「ちょっと！」

「ちょっとってなんだよ、ちょっと!?」

昇降口で外靴を脱ぎ捨てると、滅茶苦茶なフォームで廊下を走り抜け、屋上に続く非常階段を駆けあがっていく。

屋上への扉は、はるか昔は鍵《かぎ》がかけられていたが、ここのところずっと鍵は開けられたままだ。

転がるように屋上へ駆けこみ、その拍子に三角ポールを蹴飛《けと》ばしてしまう。それでも挑むように、正宗は顔をあげた……が、そこに佐上睦実の姿はなかった。

気をそがれた正宗は、倒してしまった三角ポールをうろうろと拾い起こそうとする。その時、貯水タンクの下に発見してしまった——一対の、小さなサイズの上履きを。

「…………」

正宗は、ぐく、と唾《つば》をのみこんだ。この憂鬱《ゆううつ》な屋上に日参しているのは、睦実ぐらいのもの。だとしたら、園部の上履きを盗んだ犯人は……。

慎重に近づいて、正宗は上履きを持ちあげた。しかし、思わず「あ」と声をあげ、手放してしまった。軽くバウンドし、地に落ちれば、それ以降は転がらずにじっと静止する上履き。履き口の内側に、名前が記入されていた。

『佐上睦実』

「！……佐上、睦実」

ここにあるのは、睦実の上履きだ。でも、上履きを失ったのは園部のはず。

「――へんたい」

唐突に響いてきた軽やかな声に、勝手に肩が揺れた。

振りかえると、そこには睦実が立っていた。睦実の表情は、教室で見せるあの偽物みたいな笑顔じゃない。正宗だけが知る、冷えびえとした瞳《ひとみ》。

「返して、それ」

「あ……ぁ、ああ」

正宗は上履きを拾い、睦実の足元に向かって軽く放り投げる。受け取った睦実は、今まで履いていた上履きを脱ぎ捨てた。ちょっと指をひっかけて、軽くスイングしただけで、上履きは簡単に足から離れその場に転がった。

「良かった。少し大きくて、歩きづらかったの……どこに捨ててあった？」

「え？」

「この上履き」

初めて会話らしい会話ができるというチャンスに、正宗はうめき声でしか答えられず、視線を下にやる。そして、またも反応する。

先程まで、睦実が履いていた上履き。

覆き口に書いてある名前は『園部裕子《ゆうこ》』。

「……どういうことだよ、これ」

「そのべーに、上履き盗まれたの」

「え？　上履き盗まれたって……お前が？」

園部は加害者で、睦実が被害者？　だったら、なぜお前が園部の上履きを履いているんだ？　なぜ、園部は教室で泣いていたんだ？

ひっきりなしに疑問が浮かぶのに、何一つ言葉にできない。睦実は自分の上履きを拾い上げ、トントンと床につまさきを叩《たた》きつけながら履く。

「キミ達の、気絶ごっこと同じだよ。退屈の仕業でしょ、ぜんぶ」

さらに混乱する正宗に、睦実はいたずらっぽく笑んで口にした。

「ねえ……退屈、根こそぎ吹っ飛んでっちゃうようなの。見せてあげようか」

＊

正宗と睦実は、身長はそこまで変わらない。

けれど、こちらを気にせず歩いていく睦実はやたらと早足で、正宗はついていくので必死だった。睦実はひたすら、見伏の中心へと向かっていく。中心と言っても駅の近くではなく、店が多いわけでもない。ただ、皆がそう呼んでいるだけ。製鉄所があるあたりだ。どこまで行っても見伏は、製鉄所を基準に成り立っているのだ。

高さのあまりない小さな橋を渡り、通り過ぎる人もまばらになると、正宗はようやく睦実に話しかけてみた。

「どこに行くんだ？」

「さあ、どこでしょう？」

睦実は、カラカラと笑ってみせた。その笑顔は、屋上の睦実でも教室の睦実でもなく、どこか不安定な感じがした。

明らかにからかわれているのに、どうして黙ってついていくのか、何を期待しているのか。自分でも判断がつかないけれど、正宗に行かないという選択肢はなかった。

正宗は、佐上睦実のことが大嫌いなはずだった。それなのに、どこかで自分が選ばれたのだと思うと、夕陽に照らされずとも頰が紅潮していく。

橋を渡りきってしばらく行くと、国道でもないのに大きな片側二車線の道路にでる。民家がぽつぽつと建っているが、目立つ施設は錆《さ》びた看板のオートスナックぐらい。

製鉄所に荷を運ぶトラックの運転手が主に使用する、軽い食事と休憩がとれる場所だ。ゲーム機も置いてあるので、放課後などは中高生のたまり場になっていた。

オートスナックの自販機で売っているホットサンドは、正宗の好物だ。アルミホイルに包まれた、ぺったんとしたハムとチーズを挟んだ食パン。昭宗が仕事帰りに、よく買ってきてくれていた。

「…………」

昭宗のことが胸によぎった途端、不審と期待でどこかふわふわしていた正宗の足取りが、ずしっと重くなった。

そして、あの製鉄所で起こった出来事——この冬の出来事でありながら、とても昔に起こった事故のことを思い返していた。

あの、製鉄所の爆発事故が起こった日。

夜遅く、昭宗は家に帰ってきた。水がジャージャーと流れる音がして正宗が階下へ行くと、昭宗は電気もつけずに、洗面所に頭をつっこんでいた。ただひたすら、水を頭からかけ流している。どこを見ているかわからない、うつろな瞳。

「どうしたの……？」

「いや……なんか、汚い……汚れた気がして……」

たしかに、爆発が起こった製鉄所にいたなら汚れて当然だろう。でも、灯りのない暗闇のせいもあるが、昭宗の肌や衣服はきれいなものだった。

「父さんも、さっきの。巻きこまれた？」

「ん……よくわかんないけど、まあ、そういうことだよね」

昭宗は、水を止めずに答えた。どういうことかと聞き返したかったが、なぜかどうでもいいような気がした。いや、ちょっと違う。正宗は『どうであっても、何も変わらない』ような気がしていたのだ。それは正宗だけでなく、見伏で暮らす皆がそうだ。あんな事故があったというのに、たいした騒ぎもなく、静かな田舎の夜だった。

見伏全体は、静かにおかしくなっていった。

まず、電話が通じなくなった。正しくは、見伏の外と繋《つな》がらなくなった。電車が来なくなった。トンネルが山崩れでふさがれていたのだ。港から沖に出ようとしたが、それもかなわなかった。なぜか海流に阻まれて出ることができなかった。

この事態に、市長を中心に防災会が開かれた。それから一週間ほどして、見伏の皆は市役所の駐車場に集められた。

「ええ、今回の件につきましては……」

市長が拡声器を片手に、集まった市民達に状況説明をしている。学校が半休のため、正宗も笹倉達とともにやって来ていた。

市長の隣には、製鉄所の制服を着た職員が数名いる。役職についているお偉いさんだけのはずだが、そこにはなぜか平社員のはずの昭宗がいた。

「本件について、見伏神社の代々社家であり、新見伏製鉄従業員。佐上衛《まもる》様からご所見を伺います」

「あれ、佐上睦実の親父？」笹倉が正宗に耳打ちする。「さあ」

佐上衛と呼ばれた背のひょろっと高い男は、昭宗と同じ平社員らしい。緊張と喜びが入り混じったような上ずった声で昭宗に話しかける。

「昭宗氏、僕行ってきちゃうけど？」

昭宗はどこか寂しそうに微笑み返す。「うん、お願い」

佐上は拡声器をかまえたまま、駐車場に配置されている朝礼台にのぼっていく。

「ご、ご紹介にあずかりました」と話し出すが、ハウリングして小さな子供が耳をふさぐ。

「あ、えええ……わ、我ら見伏の民は、産業革命の時代から、上坐利山《かんざりやま》でとれる鉄の恩恵によって生きてきました……」

おどおどと話し出す佐上だが、誰もそれを茶化したり、つまらなそうにはしない。佐上をじっと見つめて、言葉を待っている。自分が抱く違和感と、答え合わせができるのではないかと。どこまでも真剣な視線をあびて、佐上の瞳《ひとみ》は次第に輝いていき、自信のある声音に変わっていく。

「しかし、見伏神社で崇めるはその山自体。見伏はながらく、神を削ってきたといえるのです……そう、今回の件は！」

すっかりその気になった佐上は、鼻の穴を広げて言い切った。

「バチが当たったと考えられます！」

皆が、言葉を失う。純度の高い静寂。しかし、すぐさまその沈黙は破られた。

「な……なんだ、バチってのはよ！」

中年男性が叫んだのを皮切りに、人々は好き勝手に話しだす。

「意味わかんねぇ、なんだよあいつ」

「知らんのか。佐上の一人息子ったら、変わり者で有名だから……」

すると、佐上は目をひんむき、さらに大きな声で叫んだ。

「知らぬが仏かぁあッ!?」

その異常な剣幕に、人々はまたも言葉を失う。佐上は、最初におどおどしていたのが嘘のように、たからかに演説する。

「あれに見えるのは、以前と同じ製鉄所ではありません。先日の爆発を契機に、変化したのです。仏ではなく神の機《はたらき》。神機《しんき》へと！」

ざわつく人々。正宗は、すがるような気持ちになって昭宗を見た。いつものんびりマイペースな昭宗の顔には、表情がなかった。

佐上は、皆の注目を一身にあびて、うっとりと叫んだ。

「我らは神機によって、この見伏に閉じ込められてしまったのです！」

佐上衛は見伏神社の跡取り息子だ。製鉄所ではただの平社員だったようだが、見伏のおかれた異常な状況は、どうしても常識だけでは説明がつかない。そうなった時に、この土地で『不思議なことを、一番わかっている』というより『不思議なことを、無理やりにでも理屈づけてしまう』佐上が信用されてしまった。神主でありながら、製鉄所で副業をして生活を維持するしかないような、小さな神社の跡取りでもだ。

佐上は言った。我々は、ＳＦのように別の世界に飛ばされたわけでも、同じ日を繰り返しているわけでもないと。ただ、ご神体を削り続けた罰として、見伏に閉じこめられただけ。神のご機嫌がなおれば、元の世界に戻れるはずだと。

その論法でいけば、神主の佐上がなぜ製鉄所で働いていたのかと突っ込みの声もあがった。しかし佐上はまったく意に介さず、神機となった製鉄所の所長に収まり、そこを神主として守り続けると言いきった。そして、実際にそうなった。

昭宗は佐上にとても好かれていたため、彼の右腕のようなポジションに収まった。佐上はしゃべりも独特のテンポで、空気を読まず、見伏に閉じ込められるまでは浮いた存在だった。同僚からも馬鹿にされていた佐上と、唯一フラットに接していたのが昭宗だったのだ。

佐上が製鉄所で力をもつにつれ、昭宗の立場もあがっていった。それでも昭宗は、どこか辛《つら》そうだった。仕事も休みがちになった。そして――……。

「ついたよ」

睦実に声をかけられ、正宗の思考がぷつと途切れた。

慌てて顔をあげ、声を失った。そこは製鉄所だったのだ――遠くから見ると、鉄山を従え威圧的にそびえる建造物だったが、近場で見ると赤く錆《さ》び、巨大すぎてむしろ全体的なスケールが曖昧《あいまい》だ。どこかホラーじみた空気が漂っている。睦実は製鉄所の方向にあるどこかを目指して歩いてきたのではない。製鉄所そのものが目的地だったのだ。

「お、おい。大人に怒られるぞ……」

「馬鹿ね」

戸惑う正宗を無視し、睦実は車両が出入りするらしい裏口にまわった。鉄柵《てっさく》がそれらしく閉ざされているが、その脇にある小さな扉は鍵《かぎ》もかけられておらず、睦実は簡単に中へ入っていく。「おい！」と背中に叫んだが、止まってくれない。

「……くそ。なんで俺が馬鹿なんだよ」

正宗はちらと引き返そうかとも考えたが、それはできなかった。くだらない疑問や、ましてや怯《おび》えなんてものを見せてしまえば、睦実にがっかりされてしまいそうだ。それだけは絶対に嫌だったのだ。

退屈が吹っ飛ぶようなものが、この先にある。

工場の敷地に足を踏み入れると、作業員達が数名敷地内をうろついていた。しかし、働いているという様子ではない。ただ煙草を吸ったり、ぼんやり座り込んだり。とくにこちらを気に留める様子もなく、睦実はぐんぐん奥へと進んでいく。

高炉はゴンゴンと大きな音をたてて稼働し、あたりからは煙が噴き出している。遠くから見て、なんとはなしに製鉄所は煙突から煙が出ているのかと思っていたが、そうではない。床やら壁やらから、水蒸気のように立ち上っているのだ。

しかし、なぜだろう。圧倒的に何かがたりない。生気のようなもの、と言えばいいのだろうか。山の木々が背後に広がっている地形なのに、鳥の声も聞こえない。

睦実は敷地内の奥まった場所にいくつかある、巨大な高炉の一つにやってきた。そこだけは稼働しておらず、有刺鉄線がはられ静まり返っている。睦実は当然のように鉄線をまたぎ、内部へと足を踏み入れると扉を開けた。さすがに錆びついていたらしく、ギギギと軋《きし》んだ音をたてた。

中に足を踏み入れれば、そこはがらんとしたコンクリートの空間だった。むき出しの配管が、蛇のようにぐねぐねと天井をはしっている。埃《ほこり》が積もってはいるが、長らく放置されていたというよりも、単純に管理が行き届かないだけといったふわりとしたものだ。それらが、巨大な窓からさしこむ夕陽に照らされきらきらと輝いている。

圧倒的な違和感があった。その正体がわからずにあたりを見回していると、光り漂う埃にまぎれるようにして、自らの力で飛び回る存在を発見した。蝶《ちょう》だ。

「なんで、蝶が……？」

蝶なんて、長いあいだ見ることもなかった。冬の蝶という異質な存在を目の当たりにして、この場所の違和感の正体のようなものに正宗は気づいた。

他の高炉は稼働しているのに、生気がない印象だった。しかし、この場所は違う――

――感じるのだ。命の圧力のようなものを。

「おい……お前、ここって……」

ぱちっ。いきなりスイッチが押されて、夕陽の届いていなかった壁際の一角が明るくなる。水銀灯の冷たく鋭い輝き。一部を照らしているだけでも、突如として輝けば軽く目がくらむ。

照らし出されたのは、高炉内の片隅にある部屋のようなものだった。ごく普通と言うにはほど遠い。他の場所と変わらず、天井にある配管はここも例外ではなく、壁にはいかめしい配電盤がびっしり。けれど、床には絨毯《じゅうたん》が敷かれ、古いけれどつくりのしっかりした天鵞絨《ビロード》のソファが置かれている。そして、なにより奇妙なことに。

そこには、不思議な鏡があった。

鏡には睦実が映し出されている。けれど、その睦実は白の露出の多いワンピースを着ているのだ。だが、正宗が今まで知っている睦実とは違い、どこか柔らかな空気をまとっていて、夕暮れの橙《だいだい》の光を浴び輪郭を曖昧にさせていた。

その美しさに正宗は心奪われていたが、ようやく気づいた。

鏡に映っていると思っていた睦実、それは、

「あ……！」

睦実に、とてもよく似た少女だった。

年の頃から背格好まで、あまりに似ているために鏡と見間違えたのだ。

しかし、どういうことだ。正宗は混乱した。なぜこんなところに、人が住んでいるんだ。なにより、どうしてここに俺を連れてきた？

少女はこちらをじっと見つめている。身動きがとれない。

正宗の考えが宙に浮いているうち、気づけば少女は正宗の目前二十センチまで迫ってきていた。ひ、と喉《のど》の奥で正宗の声がつまる。

少女は間近で、正宗をしげしげと見つめる。頬の、髪の、耳の匂いを嗅《か》ぐ。そして。

「え、待って……うわあっ！」

少女は、正宗の首元にしがみついてきた。足がもつれ、そのまま床の一部に溜《た》まった水の上に倒れこんだ。

すると。「はぁああああッ！」少女は何が楽しいのか、興奮まじりの妙な叫びをあ

げた。佐上睦実になんて、どこも似てない。

輝くような、屈託のない笑顔。そして、なにしろこの少女は——……。

凄《すさ》まじく、臭う。

正宗は思わず顔を背けた。正宗の匂いを嗅いでくる少女自身から、甘ったるく粘つく、すえたような悪臭が漂ってきたのだ。

そこで、「ふっ！」と睦実が威嚇するような声をあげ、パン、と激しく手を叩《たた》いた。びくうっと背筋を反応させ、少女は部屋の片隅へと逃げていく。獣のような、しなやかな四肢。

睦実は無言のまま少女に近づいて行き、怯えた瞳《ひとみ》をみせる少女に声をかけることもなく、手早くワンピースを脱がせ始めた。

「！　あ、ちょっと待ってくれ。佐上……」

「きゃあああう！」

軽く暴れる少女だが、睦実は慣れた手つきで作業を黙々とこなしている。ワンピースを脱がせると、まぶしい白が暴力的に視界に飛びこんできて、正宗は視線をそらすことしかできなかった。

ばしゃあっ！

高炉内にある水場で、ホースの水をつかいおまるを洗っていた正宗は、「う……くっせ」と思わず顔をしかめた。

睦実は平然とした横顔で、巨大なヤカンに湯をわかしている。傍らにある金だらいには、先ほど脱がせたワンピースが洗剤につけ置きされていた。

「思ったより驚かなかった」

「驚きすぎて、一回転したんだよ。あれ、あの女、なんなんだよ」

先ほどの少女は、睦実が持ってきたサンドイッチとから揚げにむちゃむちゃと咀嚼《そしゃく》音をたてながら食らいついている。さすがに手づかみではないが、フォークをげんこつの手で握り、親の躾《しつけ》やらとは無縁なことがわかる。

しかし正宗は、その姿をまじまじと見ることができない。なにしろ下着姿なのだ。その体つきは、痩《や》せてはいるがなめらかさと柔らかさがある。幼い行動とは裏腹に、正宗は強烈に異性を感じてしまう。

「お前に似てるし。姉妹かなんかか」

「やめてよ、気持ち悪い。よく見てよ、そんな似てない」

「名前は？」

「ないわよ、そんなもの」

さらっと言ってのける睦実に、正宗は驚く。

「……じゃあ、あいつは何者なんだよ」

「何に見える？　サル、ゴリラ、チンパンジー？」

正宗がちらと横目で盗み見ると、少女はすでに食事には興味がなくなったようで、フォークを放り出すと何かを見つめて前傾姿勢をとった。

視線の先には、先ほどの蝶がいる。勢いよく飛びかかるが、蝶はするりと少女の手をすりぬけていった。悔しいのか、あうあうと不思議な声を出している。年齢は自分達とあまり変わらないように見えるが、言葉を喋《しゃべ》ることができないのだろう。

こんな少女を、どこかで見たことがあるような……そこで正宗は、ふと思い出した。

そうだ、ずっと前に。見伏に閉じこめられる前にテレビで見た。遠い過去の話。森に捨てられた赤ん坊が、狼に拾われ、狼によって育てられて生き延びた。見た目は人間でありながら、完全に人とは隔たる感受性を持ち、野生そのままに生きる少女……そうだ。

「どっちかっていうと、狼少女……」

思わず呟《つぶや》いた正宗に、睦実は「ん？」と顔をあげた。

「あ、いや……こんなんでいいか」

おまるを置く正宗を見て、睦実はこくりと頷《うなず》くと、

「とにかく。あの子は外に出しちゃいけないんだって。それで私が、世話させられて。でも、あのサイズじゃ。お風呂《ふろ》にいれるのも大変」

正宗の頬が、かあっと赤くなる。睦実がヤカンに湯をわかす理由がわかってしまったから。睦実は間髪を容《い》れずに畳みかけた。

「お手伝いには男子の力がほしいけど、変な気起こされると問題だし。いろいろ面倒だし……で。女の子みたいなキミに、声をかけたの」

「はあ!?」

睦実は、にっと意地悪そうに笑む。

「笹倉くんに胸揉《も》まれて、喜んでるし」

「よ、喜んでねぇよ！　ざけんな！」

「そんな、急に荒い言葉づかいして。似合ってないの」

「俺、帰る！」

数歩を踏み出した正宗の前に、ボールを持った少女が立っていた。遊んでくれると勘違いしたのか、「きゃあ！」と嬉《うれ》しそうな声をあげる。

う、となって正宗は動きを止める。少女のあまりに白い肌。白の上にはひっかき傷や何が原因かはわからない汚れが、静脈とともに部分的に模様を作っていた。

「んー…………ぁあ」

呆然《ぼうぜん》と動けない正宗に向け、少女はにぱっと笑んだ。その笑みは閃光《せんこう》のように強い明るさを持ち、なおかつ陽だまりのように温かい。

彼女の事を一瞬、鏡に睦実が映っているのだと勘違いしたが……この笑みで、睦実とはまったく違う少女なのだと理解できた。睦実はきっと、どんなに表情筋を酷使しても、この笑みはできない……。

「沸いた、ほら」

睦実は少女を無視し、正宗にヤカンを押しつけてきた。

「バスタブにお湯を張っておいて。水でわって、三対一ぐらい」

すっかり顎《あご》でこき使われてしゃくだが、少女と真っ向から対峙《たいじ》するよりも言うとおりにしたほうが気が楽だと思い、正宗は言いつけに従った。

湯の温度を調整していると、ばたばたと物音がする。背後で行われていることの気配に緊張していると、「菊入君」と呼びかけられた。

反射的に振り返ると――少女の、すんなりとした裸が待っていた。

正宗は、呆然と立ち尽くした。折れてしまいそうに細い手足、しかし確実に「少女なのだ」とわかる緩やかなカーブ。それにはミリの間違いも許されないような、静かな緊張感を備えた完璧《かんぺき》さがある。これがあんな臭いものを製造した体とは思えない。胸の先の突起は、肌の柔らかさとそのまま地続きになったような、ふわりとした桜色。すっと控えめに筆を下に降ろしただけのようなへその窪《くぼ》み。

正宗が思わず視線をそらすと、睦実はぐっと正宗の手首をつかみ、その場にいろと示した。そして、軽く湯の温度をチェックすると、少女をバスタブの中に誘導する。少女は風呂が苦手なのか、んんと顔を歪《ゆが》めたが、睦実が軽く睨《にら》むと、観念したようにバスタブの縁をまたいだ。瞬間、しげみからちらりとのぞいた色合いに、正宗は軽く緊張した。

睦実はタオルを湯に軽くひたし、正宗の顔を見つめながら少女の手を軽く何度かこすると、別のタオルを渡してきた。同じことをしろというのだ。

促されるまま、正宗は少女の背中にタオルをつける。腕や腰に、いきなり触れる勇気はなかった。肌理《きめ》がこまかくふわりと柔らかな少女の体をこするのは、タオルではあまりに粗雑すぎる気がした……。

製鉄所の外に出れば、夕焼けはすでに青ざめていた。

ここに来る前の、熱を持ち赤くなっていたわずかな期待のようなものが吹き飛ばされた、正宗の心を映しているかのような空だった。

「なんでふてくされてるの？」

正宗は、うらめしげに顔をあげた。誰かの入浴を介助した経験もなければ、少女の肌に触れた経験もなかったのだ。体の芯《しん》からぐったりと疲れ切っていた。

「あの子、とっても臭かったでしょう？」

少女の臭気は、まだそのまま鼻腔《びこう》にへばりついている気がした。むっとする、けれど不快というよりは、どこか人を引き付ける香りだとも感じたが。

「洗っても洗っても、あの匂いなの。動物って飼ったことなかったけど、あれが獣ってやつなのね」

睦実は歩みをとめずに、鼻の前でひらひらと手を振ってみせた。

「火曜日と金曜日。週に二回ね。食事をさせて、お風呂に入れてやって……」

と、一台のジャガーが製鉄所の駐車場のほうからやってきた。運転席に見えたのは製鉄所の有名人、佐上衛だ。そのまま通り過ぎ、市内の方へと向かっていく。

「私のこと、見もしない」

ぎょろりとした目と猫背が特徴的な佐上は、まったく睦実に似ていない。親子とはにわかには信じがたい。

「あいつにやらされてるのか？」

しかし睦実は、正宗の問いには答えずに、

「秘密を知っておいて逃げるような、そんな正宗じゃないよね」

「……なに、いきなり呼び捨てしてんだよ」

「私のことも、睦実でいいよ」

睦実は、そこで立ち止まり、軽く正宗の顔を覗《のぞ》きこんだ。びくっ、と正宗の肩が揺れる。

「私の名前、どう書くか知ってる？　六つの罪と書いて、むつみ」

「どーでもいい嘘つくなよ。たしか、仲睦《なかむつ》まじいに現実だろ」

「へえ……私のこと、気になってたんだ」

かあっと赤くなる正宗。でも、言い返そうとしたがやめた。墓穴を掘ってしまいそうだったからだ。すると睦実は、ぽそりと呟いた。

「狼少女って言ったでしょ、あの子のこと。それ、私のことよ」

え、となる正宗に、睦実は口元を軽く歪めて笑みのようなものをみせた。

「嘘ばっかりの狼少女」

＊

暗い室内に、ふくろうの壁掛け時計の目玉が規則的に動く音だけが響く。

正宗は室内灯をつける余裕もなく、月明かりだけでノートに絵を描いていた。

こんな世界なんだ、どんな奇妙なことに出会ったっておかしくないはずだ。なのに、帰宅してからも製鉄所での出来事の衝撃にぼうっとしていた。

佐上睦実に似た少女が、製鉄所の高炉に閉じ込められている。ろくに言葉も喋《しゃべ》れず、狼のような少女。その出来事のショックもそうだが——単純に、同年代の異性の裸を初めて見た。その衝撃。

自然に手が動く。あたたかな湯気が、窓から薄く差しこむ日差しに揺れている。バスタブの水面に、少女の真っ白な肌……。

空がひび割れたあの日。製鉄所の事故があってから、どれくらいの月日がたったのか。もしかしたらもう正宗は、女性の肌を普通にさわったり、結婚したりしてもおかしくない年齢なのかもしれない――が、つねに窓の外は冬。学校の授業や労働時間の都合上、曜日を数えることは許されていたが、正確な意味での月日を数えることは禁止されていた。市役所の市民生活課の人間だけがそれを許されていて、口外されることはない。

クラスメイトでこっそりカウントしていた奴がいたが、いつの間にか学校にこなくなった。やっぱりな、と皆が思った。薄々勘づいてはいたのだ。過ぎた時間が具体的になってしまったら、心の平穏が保てるかどうかわからない。

気づけば、裸の少女を描いていたはずの正宗の手は、その背後の睦実を描いていた。湯にひたしたタオルで少女の肌を拭《ぬぐ》う睦実の、憂いがありながら、どこか挑むような瞳《ひとみ》――が、ちらりと正宗を見た気がした。

「正宗!」

自分を呼ぶ声がし、正宗はぎくっと我に返り、慌てて絵を破った。呼びかけの声の主である美里は「お爺《じい》ちゃん、お願い! 防災会、八時からなんだって!」と階段の下から叫んでいる。

正宗はそのあいだに、破りとったノートをぐしゃぐしゃと丸めた。

「わかった、ちょっと待って！」

ゴミ箱に放り投げて部屋を出ていこうとするが、やはり気になって、ゴミ箱から丸めたノートを速やかに回収。誰かに見つかっても大丈夫なように、さらに小さく細かく破っていく。美里の「正宗!?」と追い立てる声に、正宗は手を止めずに叫ぶ。

「ちょっと待って！」

階段を降りて行けば、玄関のたたきに宗司が座って待っていた。居間から出ても、やはり置き物のようだ。正宗はもう一度、今度は独り言のように「ちょっと待って」と口にすると小走りに外に出た。

夜の冷えた空気の中、正宗は庭に止まっている軽自動車の鍵《かぎ》を開けた。そして、するりと運転席に乗りこんだ。慣れた手つきでエンジンをかけると、ドアを開けて、玄関から出てきた宗司に「乗って」と声をかける……。

この見伏に閉じ込められた正宗達は、『変わらないこと』を強要されていた。

それは、元の世界に戻った時のため。また時が普通に進むようになった際に、以前と自分が変わってしまっていたら、何かまた別の歪《いびつ》がうまれてしまうかもしれない。

だからこそ自分確認票を書き、日付などはなるべく数えないようにし、人間関係も変えないように、なるべく変化しないようにと市の方針で統制をとってきていた。

ただ、それではあまりに不公平ではないかという声もあがった。対象となったのは、大人になる前にこの世界になってしまった子供達だ。とっくに成人している、と判断できる場合には、『大人の権利』を一つは与えてもいいのではと。もちろん、結婚や出産など、大きく人間関係を変化させるもの以外であることが大前提ではあるが。

市民生活課から、正確な年月経過は伝えられずに各学校にお達しがあり、そこで『成人に該当する』とされた子供達は話し合いの場をもたされた。皆で多数決をとり、煙草、パチンコなど、大人にならなければ許されないもので何を欲するかを決めたのだ。

正宗の運転する車が、国道を行く。

「許された大人の権利が、車の運転だけなんて」

「……田舎は、車がないとなんもできん」

「あったって、なんもできないじゃん……」

信号の赤が、今日はやけにくすんで見える。ウィンカーを出すのがわずかに遅れて、背後の車にクラクションを鳴らされる。バックミラー越しに正宗がみれば、運転している子供は正宗よりさらに年が若く、小学生ぐらいに見える。

あんな子供にまで大人の権利がいくということは、何年が経過したのか……正宗は、この考えをいつも意識的に遠ざけるようにしていた。そうでないと、気持ちがもたない。

けれど今日は、普段はシャットアウトしている考えが、感じやすいところに土足で侵入してくる。あの少女に会ったからだろうか。

あの謎の少女は、どんな権利を与えられているんだろう？

市民ホールの入り口には、『見伏市自主防災会』と看板が掲げられている。会議室のホワイトボードの前には、市役所の職員と工場の作業員が数名。集まっているのは、ほとんどが老人だ。

「ええ、氏名、立花仁《たちばなじん》。年齢は……ええと、八十？　九十だっけか？」

みかんを食べながら参加している老人達から、どっと笑いが起こる。

「おい、やばいぞ。ボケが来たか？」

「変化だ変化、とっつかまえろ」

正宗はホワイトボードが見えるあたりの席に祖父を腰掛けさせると、自分は後ろへ回った。そこには仙波がいた。

「うん、みかん運ばされた」

「お前も来たんだ」

ホワイトボードには『定期的に自分確認を』の文字がある。宗司は自分の番になると、抑揚なく口にした。

「氏名、菊入宗司。齢《よわい》七十四。配偶者ナシ。趣味ナシ。腰痛アリ」

皆が適当に会に参加している中で、発言者をじっと見つめて、時に熱心にメモをとっている若い女性がいた。妊娠している様子で、隣に空のベビーカーを置いている。

正宗が宗司を送ってここに来ると、いつもいる常連だ。

「いいですか、皆さん。元の世界に戻った場合を考え、つねに以前の自分から変化しないよう心がけましょう……」

正宗は仙波にちらっと眼をやり、こそこそと会議室を後にする。


がたん、と自販機から缶コーヒーが落ちる。

「正宗、ラジオ聞いてる？」

濃い闇に、やたらと星が白い。市役所の駐車場で、正宗はコーヒーのプルトップを開ける。指にひっかけると、軽くべたついた。

「ああ、腹立つハガキのやつ。むかつくから聞いてない」

「俺、あれ、今でもたまに聞いてる」

仙波が、わずかに目を細めて呟《つぶや》く。

「DJの人、こたえのかわりに曲かけるじゃない？　どういう意味なのかなって、繰り返し、繰り返し聞いてたら……俺も、DJになってみたいなって」

正宗は、あの時にラジオで流れていた曲を容易に思い出せる。ずっと引っかかっていたのだ、タイトルが『神様が降りてくる夜』だったから。

「そういう人前に出たりする仕事、仙波苦手そうなのに」

「うん。こうならなかったらきっと、持つことなかった夢だと思う……自分確認票には、将来は新見伏製鉄勤務って書き続けてるけど」

声が高く女子のように線が細い仙波だが、正宗は彼のことを男らしいと感じていた。他の同級生達に比べて、どこか遠くを見ている気がしたからだ。そしてどこか、昭宗に似ている気もしていた。

そこに、ガラガラ……と車輪の音がして、市役所の入り口から先ほどの妊婦が出てきた。押している空のベビーカーは、下の段は荷物置きになっていて肩掛けを入れている。妊婦は前方を見ずに、下だけを見て去っていく。

「山崎《やまざき》さんちのお嫁さん。やっと赤ちゃんできたって喜んでたのに、生まれる前にこうなっちゃった……お腹に、赤ちゃんいるままで」

あの妊婦は、長い間子供に恵まれなかった。田舎の長男に嫁いだ彼女は、そのことだけでずっと責められていた。姑《しゅうとめ》が近所に愚痴を言いふらすので、仙波のような子供達にまで噂が広がっていたほどだった。それがやっと懐妊し、出産の瞬間をいまかいまかと指折り数えてきたはずだ……それなのに、月日は止まってしまった。数えるのを禁止されているほどの長い月日を、腹の中に存在するはずの我が子の心音だけを感じながら生きなければならない……。

「ここから出たら、きっと会える」

正宗は、思わずそう口にしていた。声にしなければ、恐怖で叫びだしそうだったからだ。本当にここから出られるかなんてわからないけれど、でも、それを信じ続けなければやっていけない。仙波も「うん」と軽く頷《うなず》いた。

正宗が顔をあげれば、黒々と闇にシルエットで浮かび上がる製鉄所が。

あそこには、あの少女が閉じこめられている。名前すら呼ばれることなく、おまるで用を足し、決められた日だけ風呂《ふろ》にいれられて。

自分達も、この見伏から出られないと思っていたけれど……それよりも、彼女は。

さらにひとまわり内側に追いやられているのだ。それなのに。

「なんであいつ、あんな風に笑えるのかな……」

「ん？」

「あ、ううん」

自分を『狼少女』だと、佐上睦実は言った。

狼少年の物語。羊飼いの少年は、小さな村で「狼が来た」と嘘を叫び、大人達が怯《おび》えて右往左往するのを楽しんでいた。けれど、やがて嘘はバレる。誰も少年の嘘を信じなくなった頃、本当に狼が現れる。少年は「狼が来た！」と叫ぶが、誰も助けてくれず。

そして、狼に食い殺されて……。

「………」

正宗は、くらっとした。あの少女が、睦実の細い首筋に噛《か》みついているところを想像してしまったのだ。

想像上の睦実は少女よりも白い肌をして、赤い花を散らせていた――……。

宗司を連れて家に戻ってきた正宗は、やたらと疲れていた。

風呂に入る気にもなれず、開きっぱなしのふすまから暗い自室へと入り、灯りをつけもせずにラジオに手をかけた。あのラジオをやっているかとスイッチを入れるが、ただ眠くなるだけの環境音楽が流れだす。

この世界になってから、テレビでもラジオでも、まったく新しい番組が流れることはなくなった。

いくつかの番組が、なんとなく繰り返して流されるのだ。祖父がよく見ている刑事ドラマなどは、ほとんど同じ話数だけをループしている。犯人を告発する直前のシーンでその回が終わっているため、誰が犯人なのかお預けのままだ。

CMも同じ。慣れ親しみすぎて退屈な商品が、新商品とうたわれつづける。

もちろん、つまらないし、飽きる……のだが、問題なく見られてしまったりする。なぜか、心に残りにくいのだ。内容を覚えてはいるのだが、それぞれがあまりくっきりと入ってこない。自分の脳みそに、つねに薄い膜が張っているような感じがする。

正宗は、床に放置されている漫画雑誌を手にして、ベッドに寝転がった。バトル漫画の連載。これも先に進むことはないが、なんとなく受け入れられてしまう。かなり以前は、次の話が気になって仕方がなかったけれど、だんだんどうでもよくなってきた。

結局のところ、すべてが曖昧《あいまい》なのだ。

そこに、バイクのエンジン音が響いてきた。時宗がやってきたのだろう。

正宗はぼんやりと、この音が遠ざかっていったあの日を思い出していた。この記憶は、くっきりと思い出せる。父親である昭宗が、今の正宗と同じようにベッドでこの漫画雑誌を読んでいた。

「哲学奥儀エネルゲイアだって、ひっど！」

昭宗は昔、見伏の人間にしては珍しく地方の小さな私大に行った。そこで、専攻ではないものの哲学をちらっとかじったという。けれどそれは、現在の生活に役にたってはいないように見えた。

「エネルゲイアってさ、人間固有の行為なんだよね。始まりと終わりの乖離《かいり》が無い、行為と目的が一致した、ただ『今』を生きるっていう……でもさ。この主人公の行動って実は、すごくキネーシス的なんだよね。だって……」

父親が饒舌《じょうぜつ》になる時は、たいてい心に何かひっかかりがある時だ。それに気づいている息子は、「ずる休み」と軽く責めるような声音で言葉を遮った。

「おじさん、迎えに来てくれたのに。いつまで仕事やすむの」

「どうせ、何もすることないし。仕事のフリだけ続けるのも、いい加減飽きちゃったよ」

「いつまでも、逃げてるわけにいかないでしょ」

正宗の厳しい言葉に、昭宗は軽く苦笑いする。

「逃げてばっかりだったの、俺。大学も逃げて、中退して。母さんからもさ、逃げたんだけど……見伏までついてきちゃって。正宗できちゃった」

「ひどい言いぐさ」

「後悔してないよそこは。母さん、一緒にいて楽だし。正宗も面白い奴だし。でも」

昭宗は、何かをつかみたがっているかのように、蛍光灯の光に手をのばす。

「もう、無理だね。ここから先は、もう、逃げられない……」

「？　言ってたじゃん、あの佐上っての。神機の怒りがおさまれば、この世界ももとに戻るかもって」

しかし昭宗は答えず、寝転がったままカーテンをわずかに開けた。その横顔を見て、正宗はほんの少しだけ不安を覚えた。でも、昭宗の言う通り、ここから逃げられるはずはないのだから、大丈夫だとどこかで思っていた。

けれど。久しぶりに夜勤に出かけた昭宗は、それきり帰ってこなかった――。

＊

翌朝。正宗が登校すると、昇降口に園部がいた。

睦実から直接返されたのか、自力で見つけ出したのか。その足は自分の上履きを履いていた。昨日は教室で泣いていたが、横顔を見るかぎり、昨夜は泣きはらして目が赤くなった……などの変化は見られなかった。

「返してもらったのか」

「！　え……」

言葉に詰まった正宗は、つい反射的に「お前の上履き、佐上が履いてたぞ」と言ってしまった。

「！…………」

園部はそこでやっと振り返り、正宗を睨《にら》みつけてきた。表情は鋭いというのに、がっちりした体軀《たいく》の園部は、なぜか頼りなく見えた。

「誰にも言わないで」

「言わないけど、でも、それでいいのかよ」

「だって、私じゃ睦実に勝てないもん」

「勝てないってなんだよ」

園部は、小さく項垂《うなだ》れた。うなじにある、大きめのホクロがあらわになる。

「睦実は、みんなに好かれてる。ってか、全然嫌われてないって言った方が正しい……すごい好かれることもないけど、ちっとも嫌われない。私は、ちょっとは嫌われてるとこもあると思う。だから、みんな睦実の味方すると思う……」

「でも佐上のこと、お前は嫌ってるんだろ。だからあんなこと」

「違う……嫌いとかじゃないんだよ」

園部は、口ごもりながらも必死に言葉を見つけている様子だった。

「だけど、なんかあの子といると……気持ちが焦るっていうか。ほんとよくわからないんだけど。私、あの子見てると……」

園部の言葉を遮るように、小走りする足音が近づいてきた。

「そのべー、おはよ！」

明るく声をかけてきたのは、睦実だった。園部はがっかりした表情を見せたが、すぐに軽く笑んで「おはよ」と返した。

睦実はちらっと正宗に目をやったが、やや大げさに顔をそむけ、園部と歩いていく。

製鉄所で起こったことが真実なのか不安になるような、距離を置いた態度だ。学校では今まで通りにやっていくとの意思表示だろう。

その方が好都合だと、正宗も思った。学校でも放課後でもかまわず振り回され続けていたら、身がもたない。

昼休みの裏庭では、笹倉の恋路についての相談会が行われていた。

「でも、大人にバレたらやばくねえ？」

自分確認票には、『好感を持つ人物』『悪感を持つ人物』という欄もある。もっとも変わってはいけないものは、人間関係だからだ。元の世界に戻った場合にかなりの齟《そ》齬《ご》がうまれてしまうので、結婚出産、告白なども言語道断だった。しかし、笹倉はそのタブーにギリギリ近づこうとしていたのだ。

「別につきあうとか、何がしたいってわけじゃねぇけどよ。せっかくだし、ちょいちょい遊んだりとかしたいじゃんかよ。なあ？」

もじもじ言ってのける笹倉に、新田や仙波は「まじかよ」「大丈夫なの？」と、自分のことのように興奮した瞳《ひとみ》をしていた。やはり、変化だからだ。

けれど、退屈が吹っ飛ぶ経験をした正宗には、たいした出来事のように思えなかった。とりあえず現状では、男子連中が皆で睦実を含む女子グループを誘い、カラオケボックスに行くことになっていた。

「でもよ、カラオケって弱くねえ？」

「だったら、どこだよ。図書館とかぬかすなよ」

会話を適当に聞き流していた正宗は、顔をあげる。

屋上には睦実がいて、スカートをめくり上げることはなく、くいと顎《あご》をひいてみせた。ずいぶんと略式になったものだが、どこかでほっとしたような気もした。

「どこ行くんだ？」

歩き出した正宗は、わざと低い声音で「めんどくさいとこ」と背中で答える。

笹倉達は「あー、お前。日直だっけ？」と勘違いし、見送ってくれた。正宗はなんとなく嘘をつきたくないので、それには口をつぐんだ。


「はい、これよ」

屋上に到着した正宗に、睦実はプリントを何枚か重ねて作ったしおりのようなものを差し出した。表紙には『取扱説明書』と書かれている。

戸惑いつつ開いてみれば、最初のページに『してはいけないこと十二ヶ条』とあり、ずらりと項目が並んでいた。『指示なしに触れてはいけない』『喋《しゃべ》りかけてはいけない』『食事の際、野菜を残させてはいけない』などなど。几帳面《きちょうめん》に少女らしい小さな文字でぎっしりと書かれている。

「なんだよこれ……う!?」

ちょうど目のとまった項目に、正宗は思わず動揺を声に出してしまった。そこにはこう書かれていた。『裸を思い出し、自慰をしてはいけない』

「当たり前でしょう？」

「あ……っていうか、だから……女がこんなこと書くなよ！」

「なに？　反発するなら言っちゃうよ？」

「なんて」

「正宗に、犯されたって」

睦実は、物騒な言葉を気軽に正宗に投げかけ微笑んだ。その笑みが、言葉とは裏腹にとても柔らかな、陽だまりじみたものだったから、正宗は余計にムッとした。

「……そんな嘘、誰が信じるよ」

「みんな信じるよ。そう。みんな、私のことを信じる」

嘘ばっかりの狼少女。正宗は心で毒づいた。本家の狼少年は、結局は誰からも信じてもらえなくなるのに……。

「喋りかけちゃいけない、って」

「あそこからは出られないのに、変に期待させても可哀そうでしょ」

期待という言葉がなぜ出てくるのか、正宗にはわからなかった。あんなところに閉じ込めておいて可哀そうも何もないだろ、とも思ったが、それも黙っていた。迂闊《うかつ》なことを言えば、さっきのように馬鹿にされてしまうから。

製鉄所では、前回と同じように少女を風呂《ふろ》にいれる儀式が行われた。

正宗はできるだけ平常心をたもつべく、なるべく目を寄り目にして、視界をぼやかすようにして少女の体をタオルで拭《ぬぐ》った。見ないで作業するわけにはいかない。なぜなら、触るのに抵抗がある場所にうっかり手が触れてしまったら大問題だからだ。

しばらくして、無抵抗で体を洗われていた少女が、ふっと外へむけ顔をあげた。続いて、外から人の声のようなものが聞こえてくる。睦実は立ち上がり、正宗に「続けるように」と目で合図すると、部屋を出て行った――二人きりになった。

一人いなくなっただけで、室内は驚くほどに静かになる。今までだって会話はなかったはずなのに、人の気配というのはここまで饒舌《じょうぜつ》なものだったのか。

正宗は戸惑いつつ、せめて水音だけは響かせようと、少女の背中だけを拭い続けた。肩甲骨のくぼみあたりに軽く指が触れ、思わず呟《つぶや》く。「すべすべだな」すると、少女はオウムのように繰り返した。

「すべすべ」

少女は正宗の唇を、にこにこしつつじっと見ている。次の言葉を待っているようだ。正宗が思いきって話しかけようとしたところで、睦実が戻ってきた。「なんでもなかった」とぼそっと言い放つと、また作業を続けた。

少女はそのまま黙りこんで、数メートル先の床をただ見つめている。彼女の背中を洗いながら、正宗は睦実に聞こうかと思った。

喋りかけないほうが、よっぽど可哀そうなんじゃないのか？

しかし、やはり言葉にはならず、ただただ少女の肩だけをこすりつづけた。白い肌は、その部分だけがわずかに朱に染まった……。

少女に話しかけてみたい、いろんなことを確認したい。睦実の目を盗んで、なんとかそれができないか……正宗はじりじりとした気持ちで、次に製鉄所をおとずれる日を待った。

そして、ようやく来た金曜に、事件が起こった。睦実が学校を休んだのだ。

「誰か、佐上の家にプリントを持って行ってくれないか？」

帰りのホームルームでの担任の言葉に、笹倉は顔をあげ、正宗に視線を送ってきた。やたらとテカテカした顔で。笹倉の言いたいことはわかったが、どんな表情を返せばいいのか困った。その時、

「私が行きます」

園部が立ち上がった。仲良しグループのメンバーが名乗りをあげるのは既定路線で、担任も当たり前のように「ああ、悪いな」とプリントを渡した。

「園部、俺も一緒にいってやろうか？」

笹倉が園部に声をかけた。今日はどうせ、なんの用事もないし……などと、誰も聞いていないことを喋りつづけながら。

しかし、園部はどこか強張《こわば》った表情で「いいの、私が行く」とだけ答えると、カバンをかかえて歩き出した。

笹倉はふんと鼻をならし、正宗に振り返って、「知ってるか？　もてない女ほど、かわいい女と一緒につるみたがるんだよ。おこぼれがもらえるかも、ってんでな」などと憎まれ口を叩《たた》いた。正宗は反射的にかえした。

「違うんじゃないか、そーいうのとは。たぶん」

教室を出て行こうとしていた園部の背中が、軽く反応した。しかし歩みは止めなかったため、正宗はそれに気付かなかった。

上履きを、取ったり取られたりする関係の二人。それを睦実は『退屈の仕業』だと言っていた。正宗は思った。俺がこう思うのも、同じ理由なのかもしれない——睦実が学校を休んだのは、自分にとっては格好のチャンスだと。

＊

正宗は一度家に帰り、車に乗った。とくに理由はなかったが、咎《とが》められたら、何かを運ぶ最中だのなんだのと言い訳がたつような気がしていた。さっさと逃げられる、というのもあった。

製鉄所へ向かう前に、正宗はオートスナックに向かった。

正宗はあの寒そうな場所にいる少女に、少しでも温かそうなものをあげたいと思った。そこで思いついたのが、自分が大好きなホットサンドだった。出てきた銀色の包みを上着でくるんで、少しでも冷めるのを遅らせようとした。

製鉄所に足を踏み入れると、ちょうど入り口付近にいた作業員と目が合ってしまった。しかし、とくに反応もせずに去っていく。何か用事があるわけではなさそうだし、見回りとしても不十分だ。製鉄所は勝手に動いているんだなと、正宗はあらためて思った。

正宗は第五高炉に足を踏み入れる。暗闇に支配された室内には、確実な生気がある。軽く緊張しながら壁に手をはわせ、指先にふれた突起をぱちりと押す。

辺りがぱっと明るくなれば、少女はすでにその気配を察して、丸く透き通った瞳《ひとみ》でこちらをじっと見つめていた。

「！　あ……」

睦実がいないことに気づき少し不審そうに鼻をひくつかせた少女は、正宗がぎこちなく笑ってみせると、あっさりと笑顔を返してきた。

その笑顔にはまったく不純物がない。動物に懐かれるような、甘くくすぐったい感情が正宗をすっぽりと支配する。

「あ……んと。こんにちは」

笑顔のまま、少女は正宗を見つめている。正宗が次の行動にまごついていると、少女は飽きてぬいぐるみをいじりはじめた。

コンクリートが寒々しい高炉内で、少女がぬいぐるみの腕を動かしたり軽く引っ張ったりする姿は、そこだけ春の日差しに照らされているような柔らかさがある。

勢い込んできたものの、何をしていいかまったく見当のつかない正宗は、とりあえずホットサンドを上着から取り出した。すると、鼻をひくつかせた少女が、膝歩《ひざある》きでゆっくりと近づいてきた。

軽く心臓が揺れながらも、それでもなんでもない風を装い、正宗は言う。

「こ……これ、食うか？」

「……ん、くう」

はっきりと発音はできないものの、こちらの声を聴きとって真似することができる。

正宗は慌てる指でアルミホイルをむいて、渡してやった。

少女はぬるくなってしまったホットサンドのにおいを嗅《か》ぎ、指でパンの表面を撫《な》でる。その姿は狼というより、家猫だった。柔らかな外側をちろりと小さな舌で舐《な》め、無害だと思えば軽く歯を立てる。ホットサンドの味が気に入ったのか、少女はすぐさま口いっぱいに頬張り、「んぁ」と幸せそうな顔をした。

「そういうときは、おいしいって言うんだ」

「？　いう……は、う……」

「おいしい」

「のーいし、に」

ちゃんと教えたら、普通に喋《しゃべ》れるだろう。少女は、言葉を口にするのにただ慣れていないという様子だった。

「なあ……お前って、何者なんだ？　佐上睦実と、もしかして双子とかなのか」

するとと少女は、ふいと顔をあげて「みつみ」と口にした。

「みつみ、みつみ」

「え……あ、ああ。お前のとこに、よく通ってくる女だ」

わかっているのかいないのか、少女は「みつみ、おんな？」と繰りかえし続けた。

「みつみ」「おんな」と口にする作業を、喉《のど》が楽しがっているかのように。

「あ、そうだ。お前もいるか、名前」

名前がないのはあんまりだ。正宗がふと顔をあげると、第五高炉の五という文字が飛び込んできた。気づけばこの内部には、あちこちに五と書かれている。

「……五実《いつみ》、とか」

「みつ……みつみ、みつみ！　おんな！」

少女にかかると「む」も「い」も「み」になってしまう。何度も何度も繰りかえそうとするが、やはり「みつみ」だ。

「それじゃ、睦実と同じ名前になっちゃうだろ。やっぱ、違う名前に……」

「みつみ!!」

正宗によって五実と名付けられた少女は、だんだん興奮してきて前のめりになり、正宗にずいと顔を近づけてくる。

「！　お、俺は。正宗……」

「まさみね！　おんな！」

「俺は男」

「まさみね、おとこ！　みつみ、おんな、おんな、みつみ！」

五実は気持ちよさそうに言葉を発しながら、室内を走り回る。体力が有り余っているのか、いちいちジャンプをして行ったり来たり。そのまま五実は、呆気《あっけ》にとられている正宗のわきを通り過ぎて、高炉の奥へと走り去っていく。

「おーい……えっと、五実さん？　でいいんだよな、おーい？」

五実を追いかけた正宗は、ハッと気づく。乱雑に積まれた資材の裏に、外へと続く階段があった――。

階段を降りれば、そこは日差しがさしこむ小さな中庭だった。作業員の姿は見当たらず、どこか神聖な空気が感じられた。

その理由は単純で、巨大な鳥居があるからだろう。製鉄所にある材料で作られたのか、鉄で出来てネジ留めされているそれは、鳥居というより芸術作品のようだ。

鳥居の近くに、車掌車を繋《つな》いだ小さな貨物列車が置かれている。

列車の周囲には木が植えられていて、列車そのものにもツタが絡みつき、鉄の武骨さと緑とがミックスされて独特な美しさだ。

この列車は、長らく動いていないのだろう。正宗が列車に近づいていくと、「みつみさん、おーいっ！」と、屋根から五実が顔を出した。さきほどの正宗の真似をして笑っている。

「ここ……お前の遊び場なのか？」

「あははっ」

列車の手すりをつかみ、鉄棒のようにまわってみせる五実。

「あぶねっ！　こら……五実！」

「みつみ、あぶねーっ！」

気持ちよさそうに大きな声をあげた五実は、空を見上げた。太陽に向かい手をあげて、手のひらに通る血管を見つめる。些細《ささい》なことに興味をもち、瞳を輝かせる。ずっと薄暗いところに閉じこめられていたから、本人が発光するようになってしまったのか……などと、馬鹿らしいことを本気で考えてしまうほど、陽の気配をまとった存在。

正宗はそんな五実をぼうっと見つめていたが、ハッと肩からカバンを下ろし、ペンケースとノートを取り出した。はやる気持ちでペンの蓋《ふた》を口であけ、絵を描きはじめる……自然な五実の姿を見ていて、正宗の中の欲求がわきあがってきたのだ。

その時、背後から素《す》っ頓狂《とんきょう》な男の声がした。

「おーい、どこにいるのー？」

突然やってきた佐上に正宗は驚き、五実を呼ぼうとした。しかし間に合わなかったため、そのまま列車の陰に走っていき身をひそめた。

「あ、いたいた……うわ、またおっきくなった。うわ。ほら、見てよあれ。ほぼ完成、女完成！」

佐上はテンション高く、一緒にやって来ていた時宗に話しかける。やたら上機嫌だが、けして五実が育ったことを喜んでいるわけではなく、時宗に対して気安い友情をアピールしているようだった。げんに、五実が軽く近づいていけば「あ、こっち来ちゃ駄目だよ。僕に惚《ほ》れたら大変だからね？」と手をひらひらさせた。

五実は、列車の陰に隠れた正宗に目をやる。正宗は慌てて、ぶんぶんと首を横に振る。すると、五実は空気を読んだのかふいっと顔を背けた。

「睦実はいないのか？　あの女、ちゃんとやってるんだろうな」

娘である佐上睦実を「あの女」と呼ぶ佐上に、正宗は激しい違和感を覚える。時宗も怪訝《けげん》そうな目をする。

「……この子をここに置いておく理由って、あるんですかね？」

「何を。神機はさまざまな障害を越え、彼女を呼び寄せたのですよ――神の女となるべき少女を！」

きょとんとしている五実を示しながら、佐上は上擦った声で続ける。

「この娘がいれば、いずれ神機に許される日がくるかもしれない！　なのに……」

と、時宗はそれをあっさりと遮った。

「兄貴は、別のことを言っていましたが」

急に昭宗のことが会話に出てきたので、正宗は軽く緊張する。佐上は、うんざりしたように時宗を睨《にら》む。

「昭宗氏は、正しい判断ができなくなってしまったのです。せっかく僕の右腕にしてあげたのに……」

そして、責めるように時宗をちらと横目で見ると言い放った。

「この世界では、僕の言葉に従った方がいい――がっかりさせないでくださいよ、時宗君」

先に佐上が歩き出すと、時宗は苦々しい表情で後をついていく。しかし、その際にぽいと五実にむかって何かを投げた。キャベツ太郎と書かれた駄菓子だった。

五実はきゃっきゃと受け取り、袋に嚙《か》みついていた。正宗は、思わず呟《つぶや》いた。

「……なんなんだよ」


製鉄所からの帰り道は、もうすっかり暗くなっていた。

許された大人の権利が車の運転ということに、正宗は初めて感謝していた。アクセルを踏むだけで、景色が勝手に変わっていってくれるこの状況が、出来事が多すぎて混乱する頭にはありがたい。停止せず、適度に物事が動いていることが。

正宗が車で橋を渡ると、空き地の多い辺りで見知った背中を見つけた。正宗は車を停めて、声をかけた。

「園部……？」

女子にしては巨大な背中を持つ園部は、びくんと正宗を振り返った。その表情には、明らかに嫌悪感が浮かんでいる。

「どうしたの？　プリントは、私が持っていくって」

「プリント？」

正宗がきょとんとした途端、園部は肩に入った力を抜いた。

「ここだよ、睦実んち……睦実、いなかった。ずる休み」

睦実の家は、巨大な駐車場の奥にあった。駐車場といっても草がぼうぼうで、空間を仕切るには遠すぎる間隔で三角ポールが置かれているのでそう思うだけ。置き去りの廃車のような車が窓ガラスに落書きをされていた。

その裏にある、長屋のような家。それが睦実の家だった。

正宗は、なぜか動揺した。佐上家と言えば、小さな神社とはいえ、製鉄所でずっと神事を任されていた由緒ある家系……なにより、睦実のまとう雰囲気から、勝手にすごい金持ちだと考えていたのだ。

そんな気分を察したのか、園部は少し意地悪そうに吐き捨てた。

「お父さんと血、繋がってないらしいよ」

嫌悪を抱いた正宗が「お前……」と非難じみた声音で呟くと、

「佐上家は、後継ぎがほしかったの」

二人がハッと振り返ると、手にバケツを持った私服姿の睦実が立っていた。制服のスカートよりはるかに短いスカートに、黒いタイツ。この家と同じく、もっとお嬢様的な服装を想像していた正宗は、軽く動揺した。

「でもあのおっさん、女に興味なくて。こぶつきだった私の母親は、佐上家に選ばれたけどすぐ死んじゃった。そして私も——この世界じゃ後継ぎなんて必要ないから、放り出された」

「⁉　なんだよ睦実、それ……」

正宗が思わず叫ぶと、園部が目を丸くした。しかしそれは、正宗が味わったのとはまったく別の驚きだった。

「むつみ？」

「え？」

「呼び捨てにしてる……んだ。やっぱり二人、そうなんだ」

「！　そ、そうなんだって？　何が⁉」

園部は何も言わずにその場を走り去っていく。睦実は呆《あき》れたように正宗を見た。

「あーあ」

「俺のせいかよ！」

「車で来てんなら、送ってあげなよ？　正宗のせいなんだから」

正宗は反論しようとしたが、睦実の持ったバケツの中身を見て、やめた。そこには線香とチャッカマン、雑巾《ぞうきん》があった。それはきっと、今回の休みの理由なのだろう。

正宗が車に戻れば、園部が先を歩いていた。しかし、その歩みはゆっくりで、正宗が追いついてくるのを待っているかのようだった。

車に乗り、エンジンをかける。軽く園部の背中が反応する。なんと声をかけるか思いあぐねていたが、ゆっくりと園部の隣まできてブレーキをふめば、園部も立ち止まった。

「あ、えっと……乗ってくか」

園部の瞳《ひとみ》の奥に、光がやどる。軽く頷《うなず》くと、助手席のドアに手をかけ中へ入ってきた。

正宗にとって、女子と二人で車に乗るのは初めての経験だった。

なんとなく気まずいので、ラジオに手をかけてみる。しかし『もし高校受かったら……』と、あのハガキのラジオがこんな時にかぎって流れてきたため、スイッチを切った。

製鉄所の灯りがまだ届くので、あたりの闇はオレンジに照らされている。園部は窓の外をぼんやり見つめながらつぶやいた。

「私ね、睦実のこと、嫌いってわけじゃない」

園部は、胸のあたりでぐっと自分のカバンを抱きしめた。

「だけど……どうしようもなく、焦るような気分になるんだ」

それは俺も同じだ、と正宗は思った。

＊

日曜日。いつも時宗は午前中からやってきて、縁側の前のスペースにバイクを置き、くわえ煙草で整備をする。昭宗がいる頃からもたまに来ていたが、ふた月に一度ぐらいだったような気がする。どんどん頻度があがってきて、今ではほぼ毎週だ。

台所に行くと、美里が卵黄とコンデンスミルクを泡立てていた。ケーキでも作るのだろうか。美里はお菓子作りが趣味だが、正宗も宗司もそこまで甘いものを好まないため、時宗が来る日曜日には必ず何かしら作っていた。

「ストレス解消になるのよ、お菓子作りって。しっかり分量計ってさ、手順を間違えなければ答え合わせみたいに上手にできる。そういう、揺らぎがないとこがね」

以前は、甘党だった昭宗のためにしょっちゅうお菓子を作っていたが、昭宗が消えてからはしばらく何も作っていなかった。それが時宗が通うようになって再開された。時宗に実験台になってもらう、と。

美里は手を動かしながら、鼻歌をうたっていた。あまり聞いたことのない歌だ。なんとなく美里の手元を見つめていると、コーヒーにそれを注いだ。

「え、これで完成？」

「そ。はい、時宗にもっていって」

正宗がお盆に謎の飲み物をのせて、居間を通過しつづきの縁側に出ていくと、時宗も鼻歌をうたいながらバイクをいじっていた。その鼻歌が、美里がうたっていたものと同じことに正宗は気づいた。たまたまなのか、聞こえてきたから思わずあわせているだけなのか。どちらにせよ少し不快で、正宗は軽く眉《まゆ》をひそめた。

「おじさん、お茶」

カップをのせたお盆を縁側に置く。

「さんきゅ……うわ、エッグコーヒーじゃん！」

時宗は作業の手を止め、嬉《うれ》しそうにコーヒーを一口すすると「あま！　そう、これこれ！」などとはしゃいでいた。台所にいる美里にも、きっとこの声は届いているだろう。

「ベトナム旅行行った俺らの先輩が、すっかりかぶれてきてさ。アパート行くと、よく作ってくれたんだよなぁ」

時宗の言う「俺ら」が、時宗と美里を指していることはわかっていた。二人は同じ大学だったのだ。

いつか酒を飲みながら、時宗が語ったことがある。美里が自分の下宿に遊びに来たとき、ちょうど食事をたかりにきていた昭宗と出会ったこと。図らずも、二人のキューピッドになってしまったこと……。

「懐かしい……甘いな、ほんと」

穏やかに微笑む時宗に、正宗は苛立《いらだ》ちを感じた。

自分の思い出話を楽しむ一方で、五実が新しく思い出を作っていく機会を奪っているのだ。時宗の主導でなくても同罪だ。製鉄所全体で五実を閉じ込めているのなら、共犯者がどれだけいるのかもわからない。美里だって信用できない。

見伏は、嘘つきの狼少年ばかりなのかもしれない。

「おじさん、第五高炉にいるのって……」

「んー?」

思わず口にしかけて、正宗は言いよどんだ。この質問がパンドラの箱のようなもので、質問することによって五実が今よりひどい状況になったらどうする。

その先の問いを待っている時宗に、正宗はぼそっと言い放った。

「母さん、狙ってるの」

思わず「ぶふ!」とコーヒーを噴き出す時宗。その古典的な動揺に、正宗は少しだけ胸がすっとした。

*

それから。睦実は学校では、相変わらずの作り笑いをみせ、正宗にたいしては知らんぷりを決めこんでいた。それでも他の生徒が見ていない時には、目が合うとふんと鼻をならしたり、冷たい瞳をしてみせた。

不思議なことに、その冷たさこそ、親しみの表現のように正宗には感じた。

そして、火曜と金曜の製鉄所詣《もう》でを通じて、睦実の意外な面が見えてきた。もともとは大人しそうに見えて実は何かを隠しているように思えた睦実が、実際に意地悪さや傲慢《ごうまん》さを見せてきて。でも、一緒に作業を続けて見えてきたのは、彼女の真面目さだ。

五実の排泄《はいせつ》物や臭いに関して、失礼なことをさんざん言っていたが、実際は汚いことを嫌がらない。洗濯や掃除などもきちんとやっている。今まで一人でも、手をぬかずに世話をしていたんだろうなとわかる。

食べ物もそうだ。適当にその辺のものを買ってきているのかと思ったが、五実が好んで食べるものなどは把握していて、それなりに栄養も考えているようだった。

正宗を五実の世話に誘ったのは、自分が楽をしたいからというよりも、本当に手が足りなかったから。睦実の勧誘文句に嘘はなかったのだろう。次第に正宗は、睦実も被害者なのかもしれないとまで思うようになった。

それでも、ひっかかりはあった。睦実は五実に、ほとんど言葉をかけてやらないのだ。前に『変に期待させても可哀そう』と言っていたが、五実の方も睦実に話しかけられるのを望んでいないようにも見えた。あんなに無邪気な笑顔をみせる五実が、睦実を前にしては苦手意識からか、こわばった表情をしている。視線を交わすことすら、ほとんどないようだ。

五実は、睦実の視線がある時には、正宗にたいしてもわりとそっけない態度をとる。

自由な獣に見えていた五実だが、どうも空気を読んでいるのではないかと正宗は感じるようになった。

行動の自由を奪われるだけではなく、精神の自由までも奪われている。正宗は、いろんなものに対する怒りがこみあげてきた。時宗に、佐上に……けれど、睦実にたいしての怒りはそこまで湧いてこなかった。立場の弱いところを見たから、接しやすくなったのか。

正宗は相変わらず、五実を洗っているときに直視できずにいる。それでも少し慣れてきたため、前のように寄り目にして視界をぼやかす……など面倒くさいことをしなくても、変なところにうっかり触れるようなことはなくなった。

なのでただ、シンプルに五実の体から顔をそむけて黙々と洗う。すると必然的に、同じ作業をしている睦実の肩や、手や、斜め後ろからの睫毛《まつげ》などを見ることになる。

バスタブからゆらゆらたちのぼる湯気の中で、睦実という少女はどこもかしこも繊細なつくりをしていることを、正宗はしみじみ感じた。

睦実と訪れるのとは別に、正宗は毎週土曜の放課後、こっそり一人で製鉄所に通うようになった。学校から一度家に帰って、私服に着替えてから車に荷物を積む。今日は絵本だ。正宗が子供の頃に読んでいたものを、押入れから引っ張り出してきた。

五実への差し入れを製鉄所に置きっぱなしにしていると、睦実に知られてしまう。取扱説明書のルールを破ったとなれば、どんなペナルティがあるかわからない。なので、持って行ったり持ち帰ったりが楽なよう、車は必須《ひっす》なのだ。

その日、正宗が第五高炉の扉を開けると「やぁあああああ！」といきなり泣き叫びながら、五実が胸に飛び込んできた。

「あぁあ、うぁあああああ!!」

腹の中にたまってくる感情を、どう表に出していいかわからないといった感じの、うめきのような叫び声をあげている。

「どうした……あ」

五実は、ぎゅっと閉じていた手のひらを広げ、正宗に見せた。

手の中で、いつか見た蝶《ちょう》が潰《つぶ》れてしまっていた。五実の指には鱗粉《りんぷん》がついて、わずかに輝いている。

「つかまえようとしたのか……ぎゅっとつかむと、死んじゃうんだ」

「や、やなの、やな、しんじゃ、や」

五実の顔は、涙でぐちゃぐちゃだった。死についての概念はもっているようだ。正宗は、五実の頭を撫《な》でた。

「いいんだよ、大丈夫だから……きっと、もともと弱ってた」

「う……ずずっ」

「蝶はもともと、冬には生きていけないんだ」

言いながら、正宗も不思議な、不安定な気持ちになっていた。もともと冬では生きていけない存在が、この場所にはなぜいたのか。たまたまなんてあるのだろうか。

「ほら、これ」

絵本をわたすと、五実は濡《ぬ》れた瞳《ひとみ》をあげた。

絵本を読みながらも、しばらく五実は鼻をぐずぐずさせていたが、次第に上機嫌になっていき「ばけ、おーばけ」などと絵を撫ではじめた。文字も少しは読めるようで、目で一生懸命追っている。

正宗は、そんな五実の隣でスケッチブックを取り出した。

絵を描くのはもともと好きだったが、好きになればなるほど、正宗はどこかで切なくなるような気持ちを感じていた。でも、好奇心に満ちた五実を描く時だけは、余計なことを考えずに心から楽しいと感じられた。

と、五実が「くしゅん！」とくしゃみをした。どうやら寒いらしい。正宗は「変わってんな」と思わず呟《つぶや》いて、床に落ちていたカーディガンを手に取った。見伏では、寒さでくしゃみをする人など見かけない。

「ほら、着ろよ……あれ？　これ、手編みなんだ」

太めの毛糸で編まれているためだいぶ誤魔化されているが、かなり不格好な編み目だ。いくつか目が飛び、毛糸もよれていたが、それでも適当ではなくきちんと格闘したあとが見て取れた。

「みつみ、くれた」

五実は何かを慈しむような、どこか聖母のような笑みをみせた。

「……どうも、不格好だと思った」

む、となる五実。正宗の手からカーディガンを奪い取り、大事そうに抱きしめた。いつも一緒にいるぬいぐるみよりも、よほど大切にしているようだ。

「お前、佐上睦実のこと嫌いなのかと思ってた。あいつがいると、あんま喋《しゃべ》らないし……」

五実はカーディガンに顔を埋《うず》めたまま、じっと押し黙っていた。しかしその無言が、正宗の言葉に応《こた》えているようだ。

五実が、睦実を好きだったことに正宗は混乱したが、なぜか少しだけ嬉《うれ》しいような気もした。この異常な状況のなかで、睦実が優しさを持っているのも。閉じ込められている五実が、それをちゃんと受け止めているのも。それでも。

「なあ、ここから出たいと思わないか？」

正宗の言葉に、五実はとくに反応しなかった。聞こえていないわけはないが、興味がないのだろうか。正宗が顔をあげると、さしこむ日差しがまるでステンドグラスのように神々しく辺りを彩っていた。

返事がないのはわかりながら、それでも正宗は続けた。

「ここから出たって、そこから先には出られないけど……」

*

金曜の学校、掃除の時間。モップで何度も同じ場所をこすりながら、明日《あした》は五実のもとに何を持っていこうか……などと考えている正宗のもとに、笹倉がやってきた。

「決まったからよ、明日の土曜！」

「え、決まったって……」

「女子と遊びに行くのよ。もちろん、佐上睦実誘ってよ」

土曜は五実のところへ行くことしか考えていなかった正宗だが、笹倉の鼻息荒い様子に思わず聞き返した。

「遊びって、なにすんだよ。カラオケボックスって言ってたっけ……」

「駅だよ、駅！」

駅、という馴染《なじ》みのない言葉に、正宗は身を硬くした。

見伏にも、もちろん駅はある。商店街から少し離れた場所に確実にあった。けれど、正宗は長い間近づいたことがない。あの辺りには友人も住んでいないし、なによりあの日から、電車は来なくなったのだ。外と繋《つな》がっていないのだから、近づく理由がない。

それは正宗だけでなく、笹倉をはじめとしたクラスメイトも同じはず。

「どうして、駅になんて……」

「決まってんべよ。お化けでるからだよ、お化け！」

人があまり寄りつかない場所には、その手の噂はいくらでも生まれる。

見伏を出た電車は、数十メートルも走ればすぐに小さなトンネルに突入する。そのトンネルに、電車の窓をぺたぺたと叩《たた》く、上半身だけで腕が長く、手のひらが三十センチもある女のお化けがでると。その噂は正宗が小さな頃からある。

しかし、こんな異常な日々の中で。それこそ、お化けなんてものを怖がる理由もないのではないか？

「男と女ってさ、肝試しってなるとすげえらしいぜ。キャーッてよ。抱きついちゃったりするんだぜ、知ってるか」

興奮する笹倉に、正宗は「あー」と気のない返事をする。

「でも、行くかな。あいつ」

睦実は、行くと思えなかった。女子はたいがい『おっかながり』で、睦実は学校ではその色にまぎれようとする。けれど実際、夜の駅など睦実にとってはどうだっていい景色の一つだろう。


「ええ、どうするぅ？」

放課後の教室で。笹倉の提案に、睦実が所属するグループの女子達が、ちらちらと視線をかわす。笹倉は「いいじゃんいいじゃん」と食らいついたが、原は「男子と夜に遊ぶなんて、親に怒られる」と切り捨てる。安見も「お化けとか、子供っぽいしぃ」などと抵抗をみせた。

「……あーあー。お前らは、どうでもいいんだよ」

小さな声で、笹倉がイライラと呟く。それを耳ざとく「あんた、なんか今言った⁉」と女子につっこまれ、わたわたしている。

この話は、もう流れるだろうな。横で聞いていた正宗が思った瞬間、ずっと黙っていた園部が、皆に聞こえる大きさの呟きを放った。

「私、行こうかな」

女子達が、目を丸くして園部に注目する。

「うそ、そのべー。なんで？」

「こういうのってそのべー、苦手じゃん」

次々と質問が飛ぶ中、園部は何かを決心したかのように、じっと前方の一点だけを見つめていた。すると、

「じゃ、私も行くわ」

睦実は、驚くほどあっさりと口にした。女子達が、そして笹倉すらも驚きの表情を見せる中で、睦実はちらりと正宗を見て軽く笑んだ。

「園部、いい奴だよなぁ！」

帰り道で、笹倉は、いつかの園部に対する持論を逆転させた。

正宗も参加するのが決定事項になっていたが、それを拒否するつもりもなかった。

土曜は、五実に二人きりで会う日と決めていた……そのスケジュールを狂わせるのは、本当は辛《つら》い。読んでやりたい絵本も、食べさせてやりたい菓子もある。

ただ。あの笑みを見せた睦実を、放置しておくのはまずいと感じたのだ。

皆の前では、絶対に見せないはずのあの顔を、どうしてあの瞬間は出したのか……

正宗に、その理由はわからなかった。

＊

七時に待ち合わせのはずが、正宗は早めに見伏駅についてしまった。緊張しているのかもしれない。

ちょっとした息や足音、すべて吸い込まれていくほど真っ暗な辺り。入り口には錆《さ》びたチェーンがかけられていて、正宗はそれをまたいで中へと入った。

駅舎のなかは埃《ほこり》が積もっているわけでもなく、生気はないけれど放置された時間はそこまで感じなかった。壁に貼られたポスターは、端のところが破れている。春の野花の開花季節に行われる、小さな祭のポスターだ。冬が終わってすぐに行われるこの祭、たいして珍しくもない花だが、五実はこの花を見たことがあるだろうか……などと考えていると、笹倉と新田、仙波がやってきて、約束の時間から二十分過ぎた頃、もったいつけたように睦実達もあらわれた。

「ごめん、遅れちゃった」

う、と笹倉の空気がとまった。頬を赤らめ、正宗の服の裾《すそ》を軽く引っ張る。

「おい、佐上睦実の私服ってあんななのか。ショートパンツじゃねぇか」

睦実はべたべたと、園部と腕を組んでいる。一見して仲のよさそうな仕草だが、園部の表情は暗く、睦実に拘束されているかのようにも見えた。

正宗達は、ホームから線路に飛び降りる。

黒々とした木々を背後にした線路は、ほんのわずか延びただけですぐに山へと突っ込んでいく。電車を吸い込み受け入れるための、長さ百メートルほどのこぢんまりとしたトンネル。ここが笹倉の言う、男と女にすげえことの起こる舞台らしい。

「ぐっとっぱーで合った人！」

肝試しにむけてのお約束、ペア決め。前もって取り決めをしていた正宗達は、何度か組み分けをしてもなかなか決まらないというヤラセを行い、その間に自然と笹倉と睦実を近くに立たせた。そして笹倉が「あー。考えるの面倒くさいから、男女端から二人ずつでいいよな!」と、ベタな大声を出す。誰も抵抗しなかったことで、笹倉は晴れて睦実とペアになった。新田は安見と、仙波は原と。正宗は園部と組むことになった。

「よろしく」

園部は、なぜか挑むように正宗に言った。

「ルールは簡単な!」

笹倉の語る、今回の肝試しのルールは単純なものだった。

トンネルの中ほどまで行って、壁に『自分達がここへ来た』印に、何かしらスプレーで描いてくる。絵でも、字でも、なんでも。

そして、笹倉と睦実は一番先にトンネルへ向かっていった。

月明かりのホームに腰かけて待っていると、ひんやりと湿ったアスファルトの感触が尻《しり》から伝わってくる。男子達が「おせぇな」「笹倉、佐上睦実に襲いかかってるんじゃね?」などとにやにや会話している中で、園部はじっと立っていた。

園部は、制服のスカートと同じぐらいの丈の、ベージュのジャンパースカートをはいていた。けれど素材が悪いのか、尻のあたりに皺《しわ》が寄っていて、裾から出た太めの足には赤い毛穴のぷつぷつ。なんだか、世界の何もかもが、園部に意地悪をしているようだ。

しばらくして、笹倉と睦実が戻ってきた。

「よう、行ってきたぞ」

どこか偉そうに口にした笹倉は、顔が強張《こわば》っていた。

「次は、正宗達の番だな」

正宗がちらりと視線をやると、園部はこくりと小さく頷《うなず》いた。

正宗は、園部と共にトンネルの中へ足を踏み入れた。ひんやりとした空気に、自分達の足音だけが強く反響する。手にした懐中電灯の光は、すぐそばしか照らしてくれない。

正宗は一度、「大丈夫か」と園部に対して声をかけた。声はやたらと響き、その残響がまるで他人の声のように薄気味悪かった。しかも園部は、「うん」と小さく気のない返事をしただけなので、それ以降は無言を通した。

どうにも気まずい時間をはやく解消したいと、正宗は早歩きになった。大人達が噂していた通り、トンネルは途中から土砂で埋まっていて、先には行けない。この辺りですませるかと懐中電灯で壁を照らすと、そこに見慣れた文字が。

「あ、笹倉達だ……」

浮かびあがったのは『笹倉参上』という、誰がどう考えても笹倉少年が選びそうな言葉。その下あたりに、神経質そうな筆跡で『佐上』という苗字《みょうじ》だけの文字があった。

「俺らも、この辺に描くか」

正宗がスプレー缶をかまえると、横から園部が手を出してきた。「私、先に描く」と。思いつめたようなその様子に、正宗が気圧《けお》されながらスプレー缶を渡すと、それを園部は勢いよく数回振った。

「よく出ない……」

言いながら、壁に記号のようなものを描き始める。正宗は、なんの気なしに眺めていたが、やがて事態がのみこめてきてぎょっとなった。それは、てっぺんにハートをのせた一筆書きの傘の絵だった。

園部は、まだ手を止めなかった。傘の下に文字を書きいれる。

『正宗・裕子』

「！　そ、それ。裕子って？」

「……私だよ」

そういえば、記憶の中の『園部の上履き』に書かれていた名前だったかもしれない。

園部は、こちらを真っすぐじっと見つめている。瞼《まぶた》は腫《は》れぼったく、瞳孔《どうこう》が小さい。

「これ、どういう意味かわかる」

なんと答えればいいのか迷って、正宗は発作的に、自分の名前を手の腹でこすった。

少し文字がかすれただけで、スプレーの色素は消えるはずもない。しかし、その行為
で園部の体が、ぴくんと揺れた。

「……私のことが嫌い？」

「い、いや。っていうか、逆にどうして俺のこと……」

「私は、好きかなって」

「だから、なんで……」

「菊入君のこと、好きかなって。車の助手席乗せてくれたし」

しどろもどろだった正宗だが、園部のあまりにも不毛な答えに、思わず声を荒らげ
た。

「な、や、好きってそういう風になるもんじゃないだろ⁉」

ならば、好きってどういう風になるものか。正宗は、その答えを持ち合わせていなかった。園部はかまわず聞いてきた。

「菊入君は、好きな子いるの？」

「え……っ」

正宗の頭には五実の笑顔が浮かんだ。ただ、それは園部の想定している好きとは違うはずで……逡巡《しゅんじゅん》していると、揺らぐ映像は、今度はふわりと睦実の姿になった。すると、まるでそれを見通しているように園部が投げかけた。

「やっぱり、睦実が好きなの」

「！　っ……」

正宗は、耳の奥からかあっと熱くなるのを感じた。すると、どこからか「ずう、はぁ……」と深呼吸をするような音が響いてきた。しんと冷えて停滞していたトンネル内の空気が、その呼吸によって混ぜ合わされていくような気配。

「なんだよ、今の音？」

暗闇の中から声がして、正宗が慌ててその方向を懐中電灯で照らすと、

「ばか、笹倉！　しーっ！」

笹倉達が、少し離れた場所に立っていた。もちろんその中には睦実もいた。戸惑ったような強張った表情だが、それはいつもの教室での演技とは違って見えた。

「よ、よぉ。いや、なんか変な音したからさ。な？」

「あ、うんごめん。てか。やっぱ、みんなで……って思って。見に来たんだけど……」

笹倉と安見が、上滑りな言い訳をする。気まずい空気のなかで、園部は正宗ではなく、睦実を挑むような瞳《ひとみ》で見た。睦実は、園部を見つめ返した。ただ、じっと。そこからは、なんの感情も読み取れなかった。

「っ……！」

何がきっかけになったのか。園部の瞳から、涙がぶわっとあふれた。そして堪《こら》え切れなくなったように、笹倉を突き飛ばす勢いでトンネルの外へと走っていく。

「まってぇ、そのベー！」

皆は慌てて追いかけていく。正宗は戸惑い、ちらと睦実へ目をやった。睦実が軽く責めるような瞳をしたため、それに弾《はじ》かれたように皆の後に続いた。

正宗達がトンネルから飛び出すと、あたりが妙に明るい気がした。トンネルから外へ出たばかりだからだと正宗は思ったが、すぐにそれが間違いだと気づいた。空には巨大なひび割れが出来ていて、そこから緑色の光が漏れ出しているのだ。「ずう、はぁ」という呼吸音が、あたりに反響していく。

「あの、事故の日みたいだ……」

仙波がぽつりと呟《つぶや》くと、先を走っていた園部が立ち止まり——こちらに背をむけたまま、線路の上で空を見上げた。ひび割れから漏れ出す光が、園部の足元にまだらをつくる。

「園部!!」

声をかけた正宗は、衝撃に目を大きく見開いた。

園部の首から背中にかけてが、緑色に発光していた。ひび割れからの光が落ちているのではなく、その光は園部の内側からぼわっと滲《にじ》み出ていた。

「睦実。私達、退屈をごまかす遊び。してきたよね……逃げたい気持ち、ごまかす遊び」

園部の大きな背中が揺れている。ずうはあずうはあという音が、かすかに園部からも聞こえてくる。そして、光は次第に広がっていく。

「今、私……恥ずかしくて恥ずかしくて逃げたいよ」

園部は、ゆっくりと振り返る。

こちらをみた園部の顔は、緑のまだら模様になっていた。首元からのびた光が、頬まで到達していた。園部は瞳を涙で濡《ぬ》らしたまま、ほんのわずかに唇の端をゆがませ、微笑んでみせる——と、プラスチックが割れるような乾いた軽い音がし、喉元《のどもと》に一点。ぽつりと穴が開いた。そして、

「好きな気持ち、見世物になった」

口にした途端、ピキキキ……と嫌な音とともに、喉元の穴を中心に園部にひびが入っていく。まるで、今夜の空と同じようだ。

呆気《あっけ》にとられ、正宗達が身動きをとれずにいると、園部の背後で異変が起こった。今度は空ではなく、工場だ。

「煙が!?」

製鉄所がつねに吐き出している煙が、ひときわ大きくぶわっと膨れ上がると、それが何匹もの狼の形を取っていく。根本は繋《つな》がっているため、まるでヤマタノオロチのようだ。

狼の群れが、夜空を自在に駆け回りはじめる。数匹の狼は、空のひび割れに駆けよっていき、自らの体でそれを埋めていく。すると、狼のうちの一匹が、こちらへ猛スピードで落下してきた。

「うわあっ‼」

その場に伏せる正宗達の頭上ギリギリを、煙の狼はかすめて飛んでいく。風圧に引きはがされないように必死に堪えていると、

「！　そのべーッ‼」

いつも焦ることのない睦実の大音量の叫びに、正宗は顔をあげた。園部は立ち尽くしたまま、自分に向かって降りてくる煙の狼を見つめている。睦実が、園部に向かって走り出す。正宗もそれに続くが、風圧に足をとられて転んでしまう。

「伏せろ、園部‼」

がむしゃらなフォームで駆け、園部にあと数メートルというところまで近づいた睦実を追い越して、煙の狼が園部に突進していく。

「きゃああああああッ‼」

園部が食われる、と思った瞬間。園部のひび割れからの光が粒のようになり、激しく明滅したかと思うと、そのまま霧散していく。

「そのべ――――ッ‼」

光が収まると――そこにはもう、園部の姿はなかった。

狼の姿もなく、何が起こったのかを判断することもできない。空はひびが完全に塞《ふさ》

がれ、月明かりさえない真っ暗な辺りは、いつの間にかトンネルの中に逆戻りさせられたかのような錯覚を正宗に起こした。

そう、何も変わらないように見えた……園部がここに存在せず、かわりに彼女の靴や服が転がっている以外は。

「あ……お、大人！　大人よばねぇと！」

「！　あ、ああ」

ようやく皆が我に返りばたつきはじめても、正宗はわずかも動くことができなかった。園部の頑《かたく》なで融通のきかなそうな声が、正宗の耳の奥にこびりついていた。

「菊入君のこと、好きかなって」

＊

「佐上さん、どうなってるんでぇ！」

「煙で出来た狼に、食われたって言ってんだぞ!?」

深夜の市役所に集まった大人達は、口々に佐上を責め立てる。ホワイトボード前の長テーブル、佐上の両側には工場の面々が渋い顔をしていた。その中には時宗もいる。しかし当の佐上は、どこか余裕のある表情をしていた。

「おい、友達が食われたんだろ。もっと詳しく言ってみろ！」

大きな声をだされ、会議室の隅で固まっていた正宗達はびくっと身を縮こまらせた。

「あんた、やめなよ。この子らも、ショック受けてるだろうから……」

ぎゃいぎゃいやる大人達の声に、いつも気が強いはずの原は、すでにしくしく泣いている。正宗は、どこかぼうっとしてあたりを見つめるしかなかった。すると、

「ぱくーっ！」

突然、佐上が大声をだした。皆の注目が、佐上に集まる。

「本当に、食ってました？　狼が？　こうやって？　口をあけて？」

笹倉達は、顔を見合わせた。

「ど、どうだったろ？」

「どっちかというと、ぶつかった瞬間に、消えたように見えたっていうか……」

「それ！」

佐上は我が意を得たりと声をあげると、ペンを手に取り、ホワイトボードに気持ちよさそうに字を書きつけていく。

「皆さん、今宵《こよい》の空をご覧になりました？　盛大なひび割れができていましたねぇ？　工場が爆発した日も、空にはたくさんのひび割れがありました。それを、神機の煙——」

文字の最後を、きゅっと気持ちいい音で締める佐上。ホワイトボードに書かれていたのは、

「神機狼《しんきろう》が埋めたのです！」

でかでかとした『神機狼』という文字。ざわつく一同の様子を見て、佐上は満足そうにニイッと笑んで言った。

「そして……その女生徒の、心のひび割れも」

「！　心の……ひび割れ……」

「彼女の心には、亀裂《きれつ》がはいるような出来事があったのかもしれない。だからこそ、神機狼はそれを埋めようとして……」

正宗は、心臓をぎゅうっと握りつぶされたように感じた。

園部の心に亀裂が入ったから、だから狼が埋めようともぐりこんできた。その結果、ひびが塞がれるどころか、園部は消失してしまった……いや。心のひびを消そうとするには、自身を消すのが手っ取り早いのかもしれない。

「あ、おい。正宗！」

正宗は、すべてを聞いていられず会議室から飛び出した。そんなことには構わず、佐上は皆をぐるりと見渡して、気持ちよさそうに叫ぶ。

「私達は、運命共同体です。同じ世界で、同じ苦痛を味わっている。だからこそ！この世界から逃れようなどと、ゆめゆめ考えてはならないのです！」


夜の商店街にはひとけがまったくなく、閉められたシャッターが夜風にわずかに震えるだけ。正宗は、しんと冷えた縁石に座りこんでいた。

遮るもののない田舎の冬に、彼方《かなた》からパトカーのサイレンが聞こえてくる。そして、平坦《へいたん》な声でのアナウンス。

「煙が大量に発生しています。すみやかに自宅へ戻り、しっかりと戸締りをしましょう……」

すべてが静かなそこに、いきなり生気がたちのぼるようにクラクションが鳴る。力なく正宗が顔をあげると、時宗のまたがるバイクのライトに照らされた。

「何してんだ、正宗」

「！　おじさん……」

時宗はバイクから降り、正宗の腕をとって立ち上がらせようとした。

「はやく家に戻れ。お前の友達も、もうみんな帰って……」

時宗につかまれた腕を、正宗は「嫌だ！」と思いきり振りほどいた。

「なんで家に閉じこもんなきゃなの？　ただでさえ、見伏に閉じこめられてるんだよ!?」

「落ちつけ、正宗」

「嫌だよ！　ここにいたくない！　でっかい本屋があって、映画館があるような都会に行きたい！　いっぱい勉強していろんなもの見て……イラストレーターになりたい！」

「大丈夫だから」

「なにが大丈夫なの!?」

正宗は、瞳《ひとみ》に涙をためて時宗を睨《にら》みつけた。

「おじさんなんて、信じられないよ！　五実のこと、知ってたくせに！」

「五実って……あっ」

正宗の形相に、五実という名前が誰につけられたものなのかを時宗は察した。

「ねえ、どうしてなの！　父さんも知ってたんでしょ！　五実をあんなとこに閉じこめといて、二人は平気だったの⁉」

園部のことがきっかけとなり、ここ最近の……いや、この世界になってからの鬱屈《うっくつ》とした感情があふれでてくるのを、正宗は止められなかった。

「どうして、答えてくれないの。どうして、黙ってるの……⁉」

甥《おい》の涙の訴えを、苦しそうにその身にうけた時宗は、ぽつりと呟《つぶや》いた。

「あの娘《こ》は、ここにいちゃいけない存在なんだ」

「！　え……」

「いいから、来い」

時宗は、正宗にヘルメットをつけようとした。正宗は少し抵抗するが、結局なすがままになる。時宗は、ぽんと正宗の頭を抱えるようにして、

「兄貴のかわりに、俺が守るから。お前の……お前らのこと」

正宗は、どこか悔しい思いで「そんなの、頼んでない」と呟いた。

時宗にバイクで送られてきた正宗に、美里は「お風呂《ふろ》どうする？」と言っただけで何も聞いてこなかった。噂をすでに聞いているのだろう。

正宗は泥のようなだるさをつれて階段をあがり、自室に入る。電気もつけずに椅子

に腰かけると、机の上に放置されていた自分確認票が目に入った。

　ぱちっと読書灯をつけると、浮かび上がる『好感を持つ人物』『悪感を持つ人物』の欄。

　それを見て、正宗は泣きたいような、叫びたいような、奇妙な熱に襲われた。そして思わずシャープペンシルを手に取り、乱暴に文字を書きつけた。

『菊入正宗は、はじめて、女子に好きと言われた』

　涙がにじんできて、自分ではちゃんと文字を書けているのかすら確認できない。それでも、ひたすらひたすら叩《たた》きつける。

『だけど、その女子は消えた』『俺のせいで』『俺が、他の女子を』『好きなせいで』

「！　っ……」

　正宗は、『好き』の文字をぐしゃぐしゃとシャーペンで消した。その筆圧で、自分確認票が破れる。芯《しん》が折れる。そのまま、破れるまま、ひっかいて……正宗の口から、声にならない叫びがもれた。どんどんと机を叩き、その場に突っ伏した――。

　園部は消えた。

　俺が……あいつを、好きなせいで。

＊

週が明けて、教室から園部の机が消えた。教師が片づけたのだ。

休み時間、笹倉達はカード麻雀《マージャン》をはじめた。教室から出ることもなく、ぺたぺたとうすっぺらい自分の麻雀牌《パイ》カードを、他人に見せないように隠しながら笑い声をあげている。肝試しの夜どころか、それまでの――退屈を紛らわせるための気絶ごっこや、睦実を中心においた恋話まですべてなかったかのように。

原や安見も、あんなに憔悴《しょうすい》していたのに、今はもう普通に談笑していた。それでも注意深く見れば、目の下が赤く、週末は泣きはらしたのだろうなということはわかった。

睦実は、どんな様子だったか。正宗にはわからなかった。なぜなら、睦実を見ることができなかったからだ。視線を合わせたくない、感情を読まれたくない……それ以前に、なぜかとても怖かったのだ。

放課後。笹倉と別れた正宗は、家に戻らず、そのまま製鉄所へ行った。

橋を渡り、道端の植えこみを見る。この辺りには、駅舎のポスターにあった野花が春になれば咲くのだ。続く冬の中では咲くことのないあの花を持っていければ、五実は喜んでくれただろうか……。

「まさみね！」

第五高炉の扉をあけた途端、五実が抱きついてきた。

「わっ……!?」

正宗の足音がして、待ちきれなくなってスタンバイしていたのだろう。まるで、主人の帰りを待っていた忠犬のように。こちらを見上げる、こぼれるような笑み。腰の辺りにぎゅうっと抱きつく小さな手は、『絶対に離さない』という意志を感じさせた。

そんな五実の姿を見た瞬間――。

正宗は、膝《ひざ》から崩れ落ちてしまった。

「う……う、ううっ……」

涙が、ひっきりなしに溢《あふ》れ、とまらない。

園部の消失を悲しんでいるのか、自責の念に押し潰《つぶ》されそうになっているのか、この状況の異常さに怯《おび》えているのか。正宗自身わからないが、とにかく止まらなかった。

「まさみね、まさみね？」

心配そうに何度も呼びかけてくる五実の、線の細い軽やかな声が正宗の涙をさらに押し出した。

「ご……ごめっ。俺……お、おれ……」

すると、正宗の鼻に、つんと軽く冷たい感触があった。

え、と顔をあげる。五実はそのまま、正宗の上にのしかかってきた。勢いで後ろに倒れてしまった正宗の腹のあたりに、どすんと座って。つん、つんと、自分の鼻を正宗の鼻にあててきた。何度も何度も、鼻先に、口元に、顎《あご》に。犬や猫が、仲間にする挨拶《あいさつ》みたいだ。

勢いで、軽く唇が触れあう。キスなんて、とても呼べない。

ただ、五実の唇があたるたび、胸の奥にじわじわと何かが広がっていく。柔らかく、とても温かい何か。五実の唇の感触と、まったく同じ感想を抱かせるものが。

「五実。好き……って、どういうことか、わかるか」

「すき？」

思わず問いかけた正宗だが、五実はきょとんとしている。

正宗は思った。園部は、どういうつもりで俺に、その言葉を言ったんだろう？　車で送ってくれたから、だから好きなんだと言っていた。でも、そうじゃない。あんな寒々しいトンネルで、見世物になったって泣きながら。そんなのは、好きとは違うんだ。それはわかるんだ、だけど……。

「でも、俺も……おかしいんだ」

正宗は、五実の重みを感じながら、睦実のことを思っていた。

好きは、やわらかくて、優しくて。こうやって、ぬくもりをゆっくりと交換することなんだ……と思う。なのに。

「俺は……俺の、好きは……こういうのじゃない」

正宗の脳裏には、一人の少女の顔がくっきりと浮かび上がっていた。

今、目の前で、傷ついた自分に温かさを分け与えてくれる少女と、見た目だけはそっくりな女――……佐上睦実と。

「大嫌いって気持ちと、すごく、似てて……なんか、痛くて。こんなの違うって……思うのに、なのに……」

と、がたん。激しい物音が、背後から正宗の涙声を遮った。

「!?」

正宗の心臓が強く脈打つ。振り返りたくない。しかし、そうもいかない。正宗が諦《あきら》めつつ振り返ると……そこでは案の定、睦実が正宗を睨《にら》みつけていた。

しかし、想像と違ったことが一つあった。睦実は、顔を真っ赤にしていた。彼女にしては珍しく、あまりにあけっぴろげな感情の表出の仕方で、

「なにしてんだよ⁉」

普段は絶対に使わない、汚い抑揚で叫んだ。

「む、睦実……違う、五実は……」

思わず、正宗の声が裏返る。睦実はそのままずかずかと駆け込んできて、不安そうな五実を無視し、正宗の胸倉をがっとつかみ上げた。

「てめえ、やっぱ雄かよッ‼」

「いてえっ、離せよ！」

「五実って、なに。この子の名前⁉」

言われて、自分がその名を呼んでいたことに気づいた正宗は、これ以上もうどうしようもないのだと覚悟した。

名前で呼ぶことを責められるなんて、やっぱり異常だ。

「そうだよ！　お前より、罪の数が一つ少ないから。五実だ！」

正宗は、手を振りほどく勢いで、睦実の体を思い切りつき飛ばした。

「きゃっ!?」

想像よりもずっと睦実の体は軽く、床に転がっていく。しまった、と思ったがもう遅い。正宗は勢いのまま叫んだ。

「来い、五実！　お前をここから、出してやる！」

「ここから……？」

「いいから、来い！　見せてやるから、いろんなもん！」

正宗は、五実の腕を強引に引っ張った。睦実は倒れたまま、動く気配がない。正宗はちらとそちらを見て……呆然《ぼうぜん》となった。

「なに、お前が泣いてんだよ……」

「！　え……」

睦実の頬に、涙が伝っていく。自分でも泣いていたことに気づかなかったのか、睦実は驚いたように涙を手の甲で拭《ぬぐ》った。すると、先ほどの睦実と同じ台詞《せりふ》が飛んできた。

「何をしているのです！」

顔をあげれば、第五高炉の入り口には佐上と時宗が立っていた。

「正宗……お前は……」

「正宗、こっち！」

睦実が、正宗に声をかけて走り出す。一瞬戸惑った正宗だが、それでも五実の手を取って睦実に続いて走り出す。三人の背中に、大人達が叫ぶ。

「どこに行くんだ、正宗！」

「神に弓引くか!?　この不届き者めがぁあああ!!」

＊

睦実に先導され、正宗は走った。最初は五実の手を引っ張っていたが、途中から五実は自主的に走り出し、その獣じみた速度に正宗のほうが追いかける形になった。

第五高炉の外に飛び出したというのに、製鉄所の錆《さ》びついた高い建造物群と、重量感のある雲に覆われて、どこまで逃げても無駄なのだという気配から逃れられない。

それでも正宗には、走ることしかできない。

やがて、正宗達は製鉄所の外れまでやってきた。そこには寂れたホームがあり、貨物列車が打ち捨てられたように置いてある。使用されている様子はなく、クレーン車が首を持ち上げたまま、巨大なオブジェのように固まっていた。

「どうしてここがあんのに、第五高炉に列車が置いてあるんだ？」

睦実が「それは……」と言いかけた時。「ずう、はあ」という呼吸音が響いてきた。

五実は楽しそうに空を見上げ、唱和する。

「ずう、はあ、ずう、はあ！」

正宗は、胃のあたりがぞわつくのを感じた。この音は、肝試しの時に聞こえてきた音だ。あの時、音は空からも。そして、園部からも聞こえて……。

「うわっ⁉」

正宗の思考を遮るように、低い地鳴りのような音が響きはじめた。足元が小さく揺れている。製鉄所の背後に見える鉄山の岩肌に、激しい砂埃《すなぼこり》が舞っていた。どうも、岩肌がわずかに崩れたようだ。

空を見上げれば、やはり無数のひび割れができていた。

「でも、なんか……変だ」

ずう、はぁ、ずう、はぁ。呼吸音とともに、どんどん空のひび割れが広がり輝きを放っていく。熱を持った光が、ひびの内側から膨らんでいっているようだ。

そして。よく目を凝らしてみると、ひび割れの向こう側には、色のようなものが見える。この曇天にあって、呆《あき》れるように心惹《こころひ》かれる、暴力的な輝き。

「あはぁ！」

五実は嬉《うれ》しそうに声をあげると、空に少しでも近づこうとしているのか、ホームの屋根に続くクレーン車に足をかけた。呆然としていた正宗は、我にかえる。

「五実、やめとけ。あぶな……」

しかし。それ以上を言おうとして、やめた。

五実は細い手足を思いきりのばして、クレーンの梯子《はしご》状になったところを上っていく。五実の小さな手では錆びついた円柱をうまく握りこめず、足も滑って思うようには進めない。それでも、諦めるという選択肢が最初からないように、ただひたすらに上っていく。その瞳《ひとみ》は裂け目から見える光のようにぎらぎらと輝いて、ただただ楽しんでいる、獲物を狙っている……そして。あそこから外へと脱出しようとしているかのような。

「そっか……危ないなんて、なんの意味もないよな」

正宗も、この裂け目の向こう側が見たいと思った。というより、願った。

そして、五実に続いてクレーンを上りはじめた。この先に何があるかはわからないけれど、不確かな世界にすっかり順応し、変わることを拒否し続けていた自分を、この場で捨て去りたいと。

睦実は二人の後に続くことはなかったが、止めることもなく、じっと裂け目の向こうを見つめていた。

その静かな興奮に、激しく鳴り響くサイレンが割り込んできた。そして「正宗！」と時宗と佐上が追いついてきた。佐上は体を動かし慣れていないのか、ぜえぜえと肩で息をしている。

「さあ、その娘を返してもらおうかッ！」

すると、睦実がクレーンの前に立ちふさがった。

「やだね！」

「な？　む、睦実!?」

きっぱりとした睦実の物言いに、佐上が動揺しているうちに、時宗が前に出た。

「正宗！　いいか、そこ動くな……」

「やだよ！」

時宗の言葉をさえぎって、正宗も睦実のように叫んだ。

「どうして、動いちゃだめなんだよ!?　俺だって見たいんだ！　もっともっと、いろんなものを！」

五実は、正宗の言葉に反応して、うかされたように呟《つぶや》く。

「もっと、もっと、みる」

五実は止まることなく、頭上に見えるひび割れへと手を伸ばす。佐上は恐怖を抑えきれず、かぶりを振って絶叫する。

「だめだ！　戻ってきなさい……やめてぇえぇッ！」

時宗は、緊張と期待にごくりと唾《つば》をのんだ。

「もしかして……あの娘なら」

正宗は五実とともに、おかしなテンションになっていく自分に気づいていた。歯止めが利かず、でも、利かせようとも思わない。このままどこまでも、五実と一緒に走り抜けられれば——。

「ああ。見たいよな、もっともっと」

「もっともっともっともっと!!」

「もっともっともっと！」

「もっと————————ッ!!」

北風にあおられて、ひび割れからの光が、五実と正宗の頭上にゆっくりと移動してくる。佐上は「ああ……っ!!」と絶望の叫びをあげた。

ひび割れからの光は、やがて正宗と五実をすっぽりと呑《の》みこんだ。その瞬間。

ジーワワワワワ……!!

図々《ずうずう》しさに呆れるほどの大音量の蝉の声、あまりにも長い間耳にしてこなかった声が、無遠慮に正宗の耳に飛び込んできた。

先ほどまでの曇天がどこへ行ったのか、日差しは辺りを白く浮かび上がらせるほどに眩《まばゆ》い。目を開けていられない……が、それでも目を凝らすと、

「！　な……!?」

そこは、いつもの製鉄所ではなかった。建物の配置や、遠くの山々の見え方などは同じなのだが……製鉄所の建物は、そのほとんどが壊れ、稼働を停止し、廃墟《はいきょ》となっていた。

しかし、生命力はむしろこちらの方が感じた。建物には蔦《つた》が生き物のように這《は》い、草木があちこちで芽吹いて、濃い緑が強い日差しを反射している。

遠い過去に引き離された、夏の景色だった。

製鉄所に満ちた命の気配、あまりの眩《まぶ》しさに光を遮ろうと手をあげた正宗は、すぐ

に別の衝撃に襲われた。

　正宗の手のひらは、すべての光を通過させている。手だけではない。正宗の身体は、夏の日差しの中で、みるみるその輪郭をぼやけさせていく。すべてが白く蒸発するような夏の光の中で、自らも白く蒸発していく恐怖。

「お、俺……透けてる……？」

　そんな中で五実だけは、くっきりと逆光にその身体の存在を示していた。思わず正宗は、五実の腰にしがみつく。自分はここで、消えるのかもしれない。理由もわからず、それでも確信だけはあり、正宗は観念するように目を閉じた——すると。

「……えっ？」

　足元から、夏の日差しとはまったく不釣りあいな、冷たい北風が吹いてきた。強い風に動かされ、ひび割れがまた移動していき、五実と正宗の上を通過していく。二人の身体は冬の世界に戻ってきた。というより、夏から追い出されてしまった。

「正宗、五実ッ！」

　冬で待っていた睦実が、声をあげる。

　ひび割れが完全に通り過ぎると、また二人の姿は現れた。正宗の透けかけていた体も、次第にもとに戻っていく。

佐上は、今にも泣きそうに顔をくしゃくしゃにさせ、その表情とはまったく似つかわしくない笑い声をあげた。

「は……はははは！　なんだ！　この娘でも、ひび割れからは出られないんじゃないか。驚かせる！」

佐上が両手を大きくあげるのを合図にしたかのように、製鉄所のあちこちから煙が湧き出してきた。煙は上空へと舞い上がり、狼の形をとっていく。

「ああ、神機狼よ！　塞《ふさ》いでおくれ、この世界の傷を!!」

空のひび割れを、神機狼が埋めていく。そして割れていた空がぴったり元通りになると、ふわりと霧散していく――。

「おじさん！　あの、ひび割れの向こうに見えた景色って……」

正宗に責めるように問われ、時宗は観念して口を開く。

「――現実だ」

正宗には、言葉の意味がすぐには理解できなかった。

現実という、よく使う言葉。なのに、異国の言葉を聞いているようだ。佐上が焦って、時宗の腕をとる。

「ちょ、ちょっと時宗君、それは、皆には内密にって……」

「これ以上、隠し通せはしないでしょう」

動揺する佐上を無視して、時宗は正宗をまっすぐに見つめて続けた。

「俺達は、罰で見伏に閉じこめられた。いつか、外に出られる日が来る……それは、お前達を失望させないための嘘だった」

「嘘⁉」

正宗は反射的に『嘘つきの狼少女』を見た。睦実はじっと押し黙ったまま、どこまでも冷たい横顔をみせていた――。

＊

「嘘と言っても、ごく些細《ささい》なものです」

雪がちらちらと舞うなか、市役所の駐車場に集まった人々を前に、朝礼台に立った佐上は悪びれた風もなく言い放った。

「正確にはこの世界は、神機によって生み出された非現実空間です……が、たいした違いでは……」

「大違いじゃない！」

佐上の台詞《せりふ》を、真っ先に遮ったのは原だ。

「現実じゃないって、じゃあ私達はなんなの⁉」

原をきっかけに、神妙な顔で佐上の出かたを窺《うかが》っていた人々は、「非現実ってなによ」「あの世ってことか？」「じゃあ俺らは、死んでるってことか？」「幽霊なんじゃないの」「生み出されたってんだから、作り物ってことだろ」「見伏も俺らもまがいもんか、そりゃいいや」など、一斉に騒ぎはじめた。

時宗ら製鉄所で働く人々の中でも、知っている人間とそうでない人間がいたようで、個別に詰め寄られて戸惑うだけの者もいた。

「なんで今まで隠してた⁉　説明しろ、説明！」

飛び交う怒声に、佐上はむしろ、みるみる落ち着きを取り戻していくようだった。

「この世界が現実ではなくて、なんの問題があるのです？」

意外な返答に、人々は一瞬ひるんだ。佐上は両手を広げ、大げさな口調で語る。

「今まで何一つ不自由なかったでしょう？　心にひびさえ入らなければ、問題はないのです。作り物、否、儚《はかな》き幻だからこそ！　我々の命は、永遠に続いていけるのですよ！」

「そんな永遠なんて、いらない！」

正宗は驚き、笹倉達と顔を見合わせた。いつもはおとなしい仙波が、ざわつく周囲からも抜き出るほどの大声で叫んだからだ。

「嫌だ！　ずっと、見伏に閉じこめられて……大人にもなれなくて！　絶対に嫌だ!!」

額の血管が浮き出るほどに叫ぶ仙波に、皆は言葉をつまらせる。重い空気が支配する場に、パンパンと佐上が手を叩《たた》く音が響いた。

「はぁい、少年の主張はこの辺でいいかな？」

「なにを……！」

「なにより大切なのは、この世界の永続。そのためにはこの娘を神機のもとに返すのです！」

そこで佐上は、睦実の背後で物珍しそうにあたりを見回していた五実に、ちらっと視線をやった。大人達はそれに気づくと、「噂には聞いたことがあるが」「あれが神の女……」など、こそこそと耳打ちする。

「！　まだ、そんなこと……！」

正宗は前に出ようとしたが、それを軽く手で制止し、時宗がきっぱりと言いきった。

「もう、やめましょう。佐上さん」

「へ、時宗君？」

「彼女を閉じこめている間にも、ひび割れは年々増えてきていた。もう、いくら神機狼がひび割れを塞いだところで――……」

時宗は、集まった人々をぐるりと見回してきっぱりと告げた。


「この世界の終わりは、遠くない」


ざわついていた人々が、すっと静まり、しばらくしてまたざわつきはじめる。それは、小さな呟《つぶや》きのかたまりだった。「……終わる?」「終わるって、どういうこと?」「終わるなんて」「そりゃ、終わるってことは」「作り物の世界は、消える」「消える、終わる」「終わる」と、波紋がひろがるように、静かにあたりに満ちていく。

「と、時宗君……君はなんてことを……」

「我々があなたに従っていたのは、あまりにこの世界に対してとっかかりがなく、不安だったから……でも、皆さん。終わる世界に、ルールは必要ですか?」

時宗の問いかけに、人々は顔を見合わせる。お互いの目を見たとたん、先ほどまでの張りつめていた空気に変化があった。

実際のところ、皆が、無意識に気づいていた。

それを、この場で時宗に発表された。ただそれだけのことだったのだ。

「たしかに、な」

「どうせ終わっちまうなら、佐上の言う事を聞く必要はねぇか……」

佐上は「ええ!?」と、辺りをきょろきょろ見回す。

「ちょっと待って。皆さん、正気……?」

合点がいってしまえば、話は早かった。

人々は佐上を無視して「だったら、とっとと帰ろうぜ」「もっと、好きにやりたいよなこの際」「あ、もったいないから冷蔵庫のカニはやく食べちゃおうよ」などと、好き勝手に喋《しゃべ》りはじめる。

「わ、わ、わ……うわぁああ!」

佐上は大きな声で叫ぶと壇上から駆けおりて、人々の顔を次々に指さしていく。

「おっかしいよ、うわぁ!　こいつら、イカれてる!?　なに、話ぜんっぜん通じないよ!」

時宗が「佐上さん」と止めようとするが、すっかり動揺した佐上は叫び続ける。

「この世界が、どうなってもいいって言うの!?　え、まともなのは俺だけか!」

そこで睦実が、冷たい表情で佐上の前に立った。

「いい加減にしなよ、おっさん」

「こ、この……！」

佐上は睦実にむかって手をあげようとした。しかし睦実はまったくひるまず、むしろ威嚇しかえすように拳《こぶし》を高くあげた。「ひ!?」と怯《おび》える佐上に、どすの利いた声で、

「まぼろしの世界だからってさ。ちょっとは現実見なよ」

「う……くぅううう!!」

正宗は、終始きょとんとしている五実の肩にそっと手を置いた。その肩はとても小さかったけれど、頼りなくは感じられなかった。


「きゃははは……！」

夜の黒の濃い海に、五実のはしゃぐ声が吸いこまれていく。睦実は「こら、じっと座ってなさい！」と、走り回る五実を必死で追いかける。

防波堤に腰かけて、正宗達はバスを待っている。原と安見の女子チームは、屋根のあるバス停にいるようだが、睦実は五実に手いっぱいでそこに参加するのは難しそうだ。

「元気だねぇ」と年寄りじみた声を笹倉があげた。「てか、俺、びっくり。なんか佐

上、意外な女子すぎた」と、脱力したように言う。

「意外？」

「ああ。女子アナってより、女子プロ。極悪同盟じゃんあんなの」

この状況でも、きちんと俗っぽいことを言ってのける笹倉。新田は「はいはい」と適当にあしらい、正宗に目をやった。

「正宗。現実見たんだろ、どうだった？」

「うん。なんか、廃墟《はいきょ》みたくなってた」

「ああ。製鉄所、事故ったもんな……あの日にさ」

この世界が出来た日の、あの製鉄所の爆発。必要のなくなった受験勉強をした、最後の日の思い出だ。

「製鉄所がなくなっちまったら、見伏は終わりだろうな」

この土地で生まれた人間のほとんどが就職し、ほとんどが定年退職まで勤め上げる場所。製鉄所がなくなったら、見伏で生活できるあてはほとんどない。

すると、黙って聞いていた仙波が、うつむいたまま呟いた。

「……見伏『は』？」

皆の間に、重苦しい無言が流れる。ちょうど彼らが座っているのは、よく飛び降りて遊んでいた堤防だ。ちょうどこのあたりで、ひときわ丈が高くなるのだ。より高いところから、より危険なところからジャンプしたいと。

そう。気絶ごっこ然《しか》り、正宗達の遊びは痛いことを選んでいた。退屈をまぎらわすため、それだけではない。

そもそも、痛みをあまり感じなかったからだ。

だからこそ、痛みを欲していた。

痛みだけではない、寒さもそうだ。ずっと冬が続く世界の中でも、炬燵《こたつ》や石油ストーブを出していてもスイッチをいれることは忘れてしまう。必要性がないから。

見伏で暮らす人々は、皆、どこかで気づいていたのだ。

自分達が、まぼろしの存在だということに。


「いいじゃん、もう告白しちゃえばいいじゃんこうなったらさあ」

屋根のあるバス停では、うつむく原の背中を安見がばんばんと遠慮なく叩《たた》いていた。

「でもさ……そんな簡単に、だってさ」

「同じ高校に行ったら気まずいとか言ってたけど、同じ高校に行けることはなくなったんだしぃ」

原は「うっ……」と言葉につまった。安見はからかうように微笑んだ。

「好きなんでしょ？」

耳まで真っ赤になった原は、わかりやすくもじもじと親指と薬指をいじくりながら、

「す、好きだけど。好きだけどさ……」

「いたい？」

突然割って入った声に原と安見は、え、と顔をあげる。いつの間にか五実がバス停を覗《のぞ》きこんでいたのだ。慌てて睦実がおいついて「ごめん、原ちん！　もう、五実行くよ！」と手を引いたが、五実はいやいやとかぶりを振り、その場に踏ん張った。

「すき、いたい？」

原に向けられたその質問に、なぜか衝撃を受けたのは睦実だった。ぎょっとした表情で五実を見ている。原も言葉につまったが、それでも意を決したように続けた。

「うん、そりゃ痛いけど。でも、なんていうか……スィートペイン？」

真剣に言いきった原に、安見が「ぶっ」と噴き出した。

「あ、あはは……！　原ちん、こんな時に笑えるんですけど！」

「な、なによ！」

「すいーと?」

「甘い痛みってこと！　痛くて嬉《うれ》しいんだよ原ちんは！　まぞまぞ、あははは！」

「永遠に黙らせる！」「きゃー！」と、わちゃわちゃやっている二人を、五実はきょとんと見つめている。睦実は一瞬、苦い横顔をみせた。

*

翌日の学校では、今までに提出した『自分確認票』が返されることになった。

「名前呼ばれたら、取りにこいよ。植田《うえだ》……金子《かねこ》……」

教師が名を呼び、生徒が前に出る。担任教師は集めた確認票を、個々のバインダーにまとめて保管してくれていた。何度も提出させられた確認票は、欠けなく提出した生徒のものはかなりの厚さがあった。

「今さら返されても困るよなぁ」「燃やすか?」などと会話している生徒達。そんな中で、教師がちらと正宗を見て「菊入」と呼んだ。

「！　はい……」

正宗は戸惑いながら、教壇前まで歩いていく。教師は正宗に、氏名が表紙に記載されただけのバインダーを渡した。確認票は挟まっていない。

「一度も提出せずに、逃げきったか」

「……すいません」

教師は、ふっと笑って窓の外に目をやった。

「お前が、正しかったのかもな」

そこには、白い空をゆうゆうと泳いでいく神機狼の姿があった……。

見伏の人々が、この世界をまぼろしだと理解したあの日から。

頭上を見上げればたいてい神機狼がいるようになった。製鉄所はひっきりなしに煙を吐き出し、狼の形をとっていく。神機狼は冬空を旋回しながら、ひびを見つけてはそこに食らいつくようにし、むずむずと変形しそれを塞《ふさ》いだ。

神機狼がうまれるのは、ひび割れがうまれるからだ。

それは、空に。そして、人の心に。

神機狼は、ひびの気配を嗅《か》ぎつければすぐに飛んでくるのだ。そして、ただひたすら本能でそれを埋めようとする。

　ある時は――海辺で魚釣りをしていた初老の男。なかなか釣れずにじっと海面を見つめていたところを、神機狼に食われて消えた。残された釣り用ベストのポケットには、遠く離れて暮らす孫の写真が入っていた。
　ある時は――子供と信号待ちをしていた母親。思いつめた表情をして、子供の手を握ったまま神機狼に食われて消えた。子供はその衝撃に、泣くこともできなかった。

　ある時は――体育の授業中の少年。マラソンで、皆より周回遅れで走っている。もともと足が速い方ではないが、その日は心ここにあらずで、ぼんやりと空を見上げながらただ足を動かしているという風情。

　そこに、後ろから追いついてきたのは正宗だ。

「どうした、仙波。顔色悪いぞ」

　授業中の少年である仙波は、走っているのにまったく乱れていない呼吸で「実感がほしくて」と言った。え、と意味がわからない正宗は、仙波の視線の先に目をやる。そこには、優雅に泳ぐ神機狼が。

「最近、しょっちゅういるよな。意味なくぐるぐる……」

「意味は、俺達の方がないよね」

いつも穏やかな仙波の、珍しく冷たい声音。正宗はもう一度、空から仙波へと視線を移し――その途端、冷たい汗がぶわっと噴き出した。仙波の胸から首にかけてのあたりが、光り輝いているのだ。そして、わずかな亀裂《きれつ》。あの、肝試しの晩の園部とまったく一緒だ。

「ただ、見伏の中をぐるぐる、意味なくぐるぐる。どこにも出られないし、何も意味がないのに、ぐるぐるぐるぐる……」

「！　仙波……ッ」

仙波の視点が、定まらなくなってくる。胸元の亀裂が、ぴきぴきっ……と枝分かれするように裂けていく。

次の瞬間、ごおおっと激しい音がする。強烈な風が頭上から正宗達を圧《お》し潰《つぶ》すように吹きつける。砂が重さをなくしたように上空へ飛んでいく。

「きゃあああああっ!!」

女生徒の甲高い叫びに顔をあげれば、目を開けるのが不可能なほどの砂埃《すなぼこり》の中で、神機狼がこちらに直滑降してくるのが見える。

皆が慌てて地に伏せたが、仙波だけは空を見あげたままだった。それらもすべて。砂に覆われて見えなくなって――。

「仙波ぁあああっ!!」

砂埃がおさまっていくと……そこには神機狼も、仙波の姿もなかった。

生徒達が、口々に「うそ」「せ、仙波消えた！」「まじか!?」と騒ぎ始める。そこに、体育教師が駆けつけてきた。ピーッとホイッスルを吹く。

「おら、見るんじゃない！　心にひび割れができるぞ！」

正宗は呆然《ぼうぜん》と、声をあげることもできなかった。ただそこに残された、仙波の体操服を見つめていた——。


それは、ゆるやかな自殺だった。


放課後。正宗達は国道の寂れた道を、会話もなく歩いていた。休耕田に、枯れた草木。ここの夏の景色をすっかり忘れてしまった正宗は、何が植えられているのかわからない。

いつもは正宗と、新田と、笹倉と、仙波。四人だった帰り道が、今日は三人だ。一人欠けているだけで、なぜか景色が変わって見える。

しばらくしてから、ぽつりと笹倉が切りだした。

「仙波の父ちゃんって、眉毛《まゆげ》、仙波とそっくりな」

校門に、仙波の両親が来ていた。仙波の荷物や、消えた際に残されていた体操服などを取りに来たのだった。仙波に似て小柄な夫婦だった。母親は泣いていたが、息子の異常な消失について教師を責めたりはしていなかった。

異常じゃないものは、ここには存在しない。

普通は、友人が消えたならもっと衝撃を受けてもいいはずだ。けれど、自分達も本来ならこの世に存在しないのだ。仙波が消失を選ぶことになったきっかけは、誰しも平等に訪れている。

驚けばいいのか、悲しめばいいのか、正宗達にはよくわかっていなかった。ただ、やるせなさだけが残った。

「なにも、消えなくたっていいのにな」

悔しそうに呟《つぶや》く笹倉。正宗は「放っておいたって、この世界はもうすぐ終わるのにな」と続けようとしたが、やめた。そのかわりに、

「……夢が、あったから。仙波には」

「夢、か」

「くそったれ……やってらんねぇよ。くそしまくりだ全部……」

「それ以上はやめとけ、狼が来るぞ」

心のひび割れを見つけたならすぐにでも食らいつこうと、神機狼は空をゆっくりと巡回していく。心の内を告白しあっていれば、ひびは簡単に入ってしまいそうで、三人はそのまま無言で歩き続けた。


笹倉達と別れた正宗は、睦実の家に向かって歩いていた。

五実を第五高炉から連れて帰ってから、睦実は学校を休みがちになっていた。お互いに慣れないこともあるし、生活も大きく変わるだろう。

仙波のことがあったからか、正宗は一人になりたくないような気持ちだった。五実の顔が見たいと。そして、誰にも聞かれていないのに正宗は心で思った。

――あくまで、五実に会いたいんだ。睦実じゃない。

睦実の家の近くまで来て、正宗は家の前で何か作業をしている睦実らしき背中に気づいた。睦実は、壁の汚れを金ダワシでこすっている。先日はなかったその汚れに目を凝らし、正宗の顔はみるみる赤くなった。

壁には黒々としたスプレーで『お前のせいだ』『ビッチ』『疫病神』などと乱暴な文字が吹きつけられている。

「なんだよ、これ！」

「五実のせいで、この世界が終わるって思ってる人もなかにはいるみたい」

「はぁ!?」

「神の女が逃げたからだって、佐上が大騒ぎしたから」

かあっとなり、正宗は「あいつ！」と思わず叫んだ。睦実は冷静だった。

「正しいことなんて、誰もわからないから。仕方ないよね」

「だからって、五実を攻撃したって意味ないだろ……」

「まさみねっ！」

台所脇のドアを開けて、ひょこっと五実が顔を出した。

「だめ、中に入ってなさい！」

睦実が慌てて止めようとすると、五実はむすっとなって、わざとドアを大きくばたばたと開閉させた。「こら！」睦実がまた叫ぶが、五実は言うことを聞かない。思うままに怒り、思うままに反抗する。二人の距離は、大きく近づいているようだ。

正宗は、また壁の落書きに目をやった。そこには『悪魔』と書かれている。目の前できゃあきゃあとやりあう二人とは、あまりにギャップがありすぎる。

正宗は考え、そして、少し緊張しつつ提案した。

「もしよかったら、なんだけど……」


その日の菊入家の夕餉《ゆうげ》の風景は、いつもとはまったく違うものだった。

指定の座椅子から動かない宗司。代わり映えのしない食事を、炬燵《こたつ》の上にのせていく美里。しかし、そこには睦実と五実がいるのだ。

「本当にいいんですか……？」

「もちろん。睦実ちゃんが学校に行ってる時は、五実ちゃん見ててあげるから」

五実は目の前の食事に目を輝かせながら、手を使って口に運んでいく。

「スプーンつかいなさい……あ、こら！」

宗司の皿から、肉じゃがを奪い取る五実。大きく頰張って、目を丸く見開いた。

「あまい……これ、すき」

そのシンプルな反応に「あら、良かった。もっと食べな」と美里の顔はほころぶ。

しかし五実は、そこで食べる手を止めて、ぽつりと呟いた。

「……でも、いたくない」

そこに、バイクのエンジン音が響いてきた。

「あ、時宗来た」

美里が顔をあげる。睦実は時宗が来たことにわずかに緊張した顔を見せたが、正宗は「大丈夫だから」と軽く声をかけた。

実際、時宗の五実への反応は「そうか」ぐらいのものだった。五実も時宗に対してはとりたてて感情はないらしく、平然と手づかみの食事を続けて、睦実の平和な「こら」が量産されていった。

「俺、帰るわ」

バイクで来たときは炬燵で寝ていく時宗だったが、居づらいのか、酒を飲まずに軽く食事をしただけで立ち上がった。

正宗は玄関まで見送り、そこで「佐上、どうしてるの」と聞いた。

「ああ、製鉄所には出てきてないな。取り巻き達とつるんで、何かこそこそやってるらしいけど……」

時宗は、ふっと息をついた。そして、正宗をまっすぐに見つめた。

「あの娘を、よろしく頼むな」

睦実と五実が泊まるのは、正宗の部屋とはアコーディオンカーテンで仕切られただけの美里の部屋だった。前は昭宗と夫婦で使っていたので、客間よりも広い。代わりに美里が客間で寝ることになった。

正宗はどうにも落ち着かなかった。睦実と五実が風呂《ふろ》にはいるというので、部屋にこもって絵などを描いていたが、突然「これを見られたらどうしよう」と思いいたり、慌てて部屋を片付けたりした。

正宗がコーヒーでも淹《い》れようと一階へ降りると、浴室の方から「まさみね！」と、正宗のジャージを着た五実が走ってきた。風呂上がりのようで、髪はまだ濡《ぬ》れている。

正宗が顔をあげると、

「お風呂、先。もらったから」

同じように、風呂上がりの睦実がいた。美里のパジャマを着ていて、濡れた髪にはタオルが巻かれてうなじが見えている。正宗はどきっとして、慌てて視線をそらした。そして、こちらを楽しそうに見ている五実に「あ、俺のジャージ。似合ってる」と言った。

「……へへっ」

五実はくすぐったそうに微笑み、ジャージの裾《すそ》にぐいと頬をこすりつけた。その表情からは、いつもの無邪気な五実とはまた違う愛らしさが漂っている。

「…………」

五実の様子に、睦実はどこか苦し気な横顔をみせた。が、彼女を直視できない正宗はそれに気づかなかった。

深夜。冷蔵庫のモーター音が闇に響く台所で、正宗はコップに水をなみなみとつぐと一息にあおった。隣の部屋からの笑い声や、ちょっとした衣擦《きぬず》れの音などが気になり、やはり眠れなかった。喉《のど》がからからに渇いていた。

「……ふぅ」

つづきの居間に月明かりがさしこんでいるのか、やたらと眩《まぶ》しい。何気なくそちらを見た正宗は、皮膚がざわっと粟立《あわだ》つのを感じた。

居間に、誰かがいる。

小さく、唾《つば》をのむ。足音をたてないように居間へ足を進めると、そこでようやく正宗は気付いた。輝いているのは、月明かりではなく夜空にできたひび割れからの光だった。

そして、ちらちらとその光に照らされ、縁側に誰かが座っている。男性のようだ。

「できたよ、ムツミ」

「!?」

縁側に座っていた男性が、こちらを見る。

どこかで見たことのあるような中年男性だ。昭宗に似ている、と正宗は思った。中年男性は、茄子《なす》に割りばしをさして馬のような形にしたものを手にしている。

「これに乗って、爺《じい》ちゃんが帰ってくるのか。ちょっと可愛いな」

呆然《ぼうぜん》としている正宗の隣を、誰かが通り過ぎたような気がした。え、と思ってそちらを見れば、光の中に新聞を手にした女性が現れる。

「あ……っ」

正宗は、思わず声をだしてしまった。その中年女性は、睦実によく似ていたからだ。

「夕刊きてた」

「あ、ありがとう」

男性は女性から新聞を受け取ると、何気なく開く。

そこで、中に入っているチラシを見てビクッと反応した。慌てて閉じようとするが、

「いい?」と女性が横から手をのばしてチラシを奪う。

それは、盆祭花火大会のチラシだった。『豚汁無料配布』『懐かしの新見伏製鉄の貨

物列車が走る！』などの煽《あお》り文句が、写真や絵とともににぎやかに躍っている。

「盆祭の花火、今年はないかもって言ってたのに……」

穏やかに呟《つぶや》く女性だが、まとう静けさが逆に、強烈な感情を押しこめているようだ。

男性は、気分を変えるように言った。

「ああ。でも、もう最後だろうな」

「……そうだね、最後だ」

さらに静かな、心を閉ざした横顔。男性はしまったという表情を見せ、「コーヒー淹れるよ」と立ち上がった。

「あ……ぁ……」

昭宗にどこか似た男性が、正宗の方へ歩いてくる。彼には、正宗の首にあるのとまったく同じ位置にホクロがあった。

なら、あの睦実によく似た女性は……？

正宗は、しっかりと確かめたくて前に出ようとした。すると、

「危ないッ！」

背後から睦実が、正宗の背中にぐいと抱きつき引っ張った。勢いで、二人は居間の畳に尻《しり》もちをつく。

そこに、風が強く吹いた。空をみあげれば、神機狼がやってきている。

空にできたひび割れを、埋めていく神機狼。やがて室内が暗くなり、中年夫婦がすうっと消えて行った。

「室内でも、現実が見えるなんて……」

正宗は、信じられないといった表情で睦実を見た。

「なんで、驚かないんだ」

「驚いてるよ。ひび割れからの光が、反射したのかな……」

「そうじゃなくて！」

正宗の混乱を受け止めた睦実は、小さくふっと息をつくと、五実と初めて会った時のことを語りだした。

「あの子、リュック背負ってたの……そこに、名札がついてた」

正宗が「名札？」と聞き返すと、睦実は軽く頷《うなず》いた。

「きくいり、さき」

正宗の心臓が、どくんと大きく跳ねた。

「！　じゃあ、五実は俺らの……」

「私の子供じゃないよ」

正宗の言葉を最後まで聞かずに、睦実はきっぱり否定する。

「！　だ、だって……さっきのおばさん、お前だろ⁉」

「あれは、現実の私。ここにいる私とはまったく違う人」

「う……で、でも。お前、飯の時だって五実の母親っぽくて」

「もし母親だったら、娘をあんなとこに閉じこめたりしない。何年も、何年も。苦しい思いをさせたりしない」

「……あ」

自分を責めるように口にして、睦実はふっと息をついた。

「でもあの人は、きっと優しい母親で……そして、消えた娘をずっと待ってる。五実が現実に戻る方法なんて、ありやしないのにね」

先ほどまで夏の光に満ちていた居間は、すでに冬の深夜の凛《りん》とした冷たさの中にある。それでもなぜか、今夜の正宗はあちこちに生気を感じた。

五実は、現実から来た自分の娘だった。

まぼろしの中で、唯一、現実の存在。

五実が神の女などと言われ、第五高炉に閉じ込められていた理由はそれなのか。

そして、夏の縁側にいた年をとった現実の自分。傍らにいたのは、五実の母親であり妻でもある睦実だった。

自分の妻は、睦実だった。

＊

翌日の学校。雪がはらはらと舞う、休み時間の中庭で。新田を呼び出した原は、真っ赤になってうつむいていた。

「そっか、まさかな……想像つかんかった」

「私だって、言うつもりなかったけど！　でも……もう、怖いものなんてないし。新田の気持ち、知りたいなって」

もじもじ口にする原に、新田はあっさりと「つきあってもいいよ」と返した。

「⁉　そ、それって……あんたも、私が好きだったってこと？」

「まあ……ちょっとは、そうだったんじゃん？」

クールを装っている新田だが、その耳は真っ赤だった。原の瞳《ひとみ》にじわりと喜びの涙が浮かぶ。そこに「ひゅううううっ！」といきなりあがったへたくそな口笛。驚いた二人が顔をあげれば、校舎の窓からいつものメンバーが身を乗り出していた。

「おい、ちゅーしろよちゅーー！」

「原ちん、おめでとぉ！」

廊下で、新田達を見下ろしぎゃいぎゃいやる笹倉と安見。仙波が消えてからずっと重苦しいムードをまとっていたが、久々に明るい声が響く。

正宗は曖昧《あいまい》に笑いながら、ちらと睦実を見る。しかし睦実は、意識的にこちらを見ないようにしているのか、けして目があうことはなかった。

＊

放課後。正宗と睦実はお互いに友人達と別れてから、製鉄所方向へ向かう国道沿いの、廃材が積まれた空き地で待ち合わせた。

皆には、睦実と五実が正宗の家で暮らすことは内緒にしていたので、学校の外で落ち合うことになったのだ。

先に着いた正宗は、どきどきしていた。先ほどの原の告白を見たからか、まるで付き合っている男女のようだと思った。

睦実はなかなか来ない。雪は本降りになってきたが、寒さは感じなかった。

やがて睦実が、たいして急ぎもせずにやってきて「待たせた?」と言った。「別に、そんなに」と、正宗は素っ気なく返した。

今朝、家を出るときに五実に食べたいものを聞いたところ、「ぱんの、ひかる」と言っていた。光るとは、アルミホイルの銀色だろうと思った。いつか正宗が持って行ってやった、オートスナックのホットサンドのことを言っているのだろうと。睦実はそれを聞いて、正宗を責めるように見て「勝手に餌付《えづ》けして」と口にした。

正宗は、学校帰りに買ってきてやると約束し、睦実も一緒に行くことになったのだ。

「傘、持ってくればよかった」

道はうっすらと白くなりはじめて、あたりはまるで水墨画のような色合いだ。

「とりあえず、なか入ろう」

正宗と睦実は、雪が降る中をオートスナックの中へ駆けこんだ。

天候のせいもあり、誰もいない静まった店内。なぜか赤と青のセロハンが貼られた照明は、そこまであたりを明るくはしてくれなかった。

二人は犬のようにぶるると体を振って、服や髪にまとわりついた雪を落とす。別に寒いわけではないけれど、濡《ぬ》れているのは不快ではあるので、正宗は暖房をつけた。

巨大な箱のような暖房のスイッチを押せば、ぼうっとくぐもった音がして、かすかに石油の香りがした。ような気がした……そう、香りもこの世界ではあいまいだ。なのに、五実だけが強い匂いを放っていたのは、彼女が現実の存在だからなのだろう。そんなことを思うと、胸がちりりとした。

「暖房、つけてきた」

正宗が振り返ると、睦実は高さのあるスツールに軽く腰をかけ、濡れたスカートを絞っているところだった。ほっそりとした脛《すね》のあたりが丸見えになって、意味の解らない色あいのライトで照らされている。妙に淫靡《いんび》に感じられて、正宗が慌てて視線をそらすと、窓の外に彼方《かなた》の空が見えた。

すでに、珍しくもなんともない神機狼の群れ。正宗は、思わず呟《つぶや》いていた。

「人が、告白すんの。初めて見た」

「なにそれ」

「原って、もっと気ぃ強いかと思ってた。震えててなんか、弱い」

「原ちんは乙女だよ。自分確認票にも、将来、好きな人のお嫁さんって書いてた」

「お前は、なんて書いてたんだ？」

「保母さん」

「どうでもいいとこで嘘ついて」

正宗は「う」と言葉に詰まる。睦実はふっと鼻で笑った。

「美術の先生とでも書いておけばよかったのに。絵、うまいんだから」

馬鹿にしたような口調でありながら、どこか温かさを感じる睦実の言葉に、正宗はびくんと反応した。そして、思わず前のめりになって尋ねた。

「俺が……絵描くの、好きなの。どうして知ってんの？」

「？　好きかまでは知らないけど、うまいのは知ってる。何年、同じクラスやってると思ってんのよ」

かちゃり、と、正宗のなかで何かがはまった音がした。

「そうか……うん、やっぱりそうだ」

「どうしちゃった？」

正宗は、もう迷わなかった。偽ることなく、睦実を真っすぐに見つめて言った。

「お前が好きだ」

「！………」

睦実は一瞬、息を止めた。

暖房の稼働する音が、しんと冷えた辺りに重く長く響いていく。永遠に続くかと思われる沈黙。それでも、正宗はまったくひるまなかった。

好きな気持ちを自覚はしていたが、それを認めるのには痛みが伴っていた。でも、睦実との距離を近くに感じるこの瞬間に、驚くほどぴったりと受け入れられたのだ。

しかし、睦実は冷たく正宗を睨《にら》みつけた。

「卑怯《ひきょう》」

「え」

「現実で、私を手に入れたからって。ここにいる私も、どうこうできると思ってる……」

図星だった。

でも、図星であると同時にまったく違う。確かに、この気持ちを伝えることの後押しにはなったかもしれない。だけど。

「知ってたろ。もともと、俺が……お前のこと好きなの」

「………」

「最初っから、知ってたろ。だから、俺のそれ、気持ち。利用して……」

「知ってたよ。でも」

睦実は、スツールから立ちあがった。正宗の前を通過し、顔が見えなくなったところで、背中できっぱりと告げた。

「私は、好きじゃない」

「睦実！」

そのまま、睦実はオートスナックを出ていく。正宗は躊躇《ちゅうちょ》なく後を追いかけた。

オートスナックの駐車場は、うっすらと足跡がつくほどに雪が積もっている。正宗は手を伸ばし、先を走る睦実の腕をなんとかつかんだ。

「待ってよ！」

「待たないよ！　だって正宗、馬鹿みたいなんだもん！」

睦実は、すっかり激していた。いつもの余所《よそ》行きの顔を、完全に忘れている。

「俺は……」

「私達は！　現実とは違うのに！　生きてないのに、意味ないのに……ッ！」

正宗の腕を勢いよく振りほどこうとした睦実は、雪の上でバランスを崩した。

「うわ……っ！」

正宗もつられて倒れこんでしまう。駐車場に横たわった睦実の上に、覆いかぶさるように。あまりの距離の近さに正宗はたじろぎ、「ごめん！」と慌てて離れようとした。しかし、睦実は何を思ったか、

「ほら」

正宗の頭を抱くように、ぐいと自分の胸元に引き寄せた。

睦実の胸に顔を埋《うず》める形になり、正宗はかあっと赤くなる。睦実は、驚くほど静かな声で口にした。

「臭くないでしょ、まぼろしだから」

不意をつかれた正宗は、わずかに唇を噛《か》んだ。たまらなく否定したいと思った。

「雪だから……匂いが、どんどん、吸いこまれて……消されてくから……」

「生きてないから、臭くないの」

「でも。すごい、心臓動いてる。はやい」

「生きてるのとは、関係ない」

「じゃあ、俺のこと。好きなんだ」

「好きじゃない」

「うそだ」

「馬鹿じゃない」

二人の上に、静かに雪が降り積もっていく。正宗はまったく寒くなかった。でもそれは、まぼろしだからじゃない。

「……俺、五実と一緒にいて、ずっと、もやもやしてたことの答えを、もらった気がした。すべて、まん丸な目で見ようとして。すべてに、強く、心動かして。生きるって、こういうことなんだって……五実を見て、思った」

「………」

「でも、その先は。お前が教えてくれた」

正宗は、睦実の顔を見つめた。とても近い。息がぶつかる。熱い。耳のあたりが、心臓のあたりが、焼け焦げるほどに。

そう、寒さを感じないのは熱いからだ。

睦実とこうしていることの、熱だ。

「お前を見てたら、イライラして。お前が話してるの、気になって。むかついたり、でも、なんかドキドキしたり」

「正宗……」

「五実だけじゃない。俺だって——……ちゃんとここに、生きてるんだって。お前といると、強く、思えるんだ」

「！……………」

睦実は、何かを言いかけたがやめて、かわりに正宗の心臓あたりにそっと触れた。

「正宗も、速い」

「あ……」

ふれた指に、ぐっと力がこもる。睦実の瞳《ひとみ》は潤んで、睦実も正宗と同じく、熱をもっていることが理解できた。言葉なんてなくても、こんなにも強く、お互いがわかることがあるのか。

「こうすると、もっと速くなる」

睦実は、わずかに、ほんのわずかに瞳を閉じた。

正宗は、睦実の長い睫毛《まつげ》が揺れたのを合図に、我慢できずに慌てて唇を近づけた。

勢いがついてしまい、がちっと互いの歯が当たる。

あ……となるが、それでも止まらずに、再度あわせようとして……重なる。

正宗と睦実の、ぎこちないキス。

下手くそなキスから、なんとか正解の形を探そうとしているかのように、二人は唇を重ねていく。

それを、オートスナックの向かいにある歩道から――……、

五実が、見ていた。

五実はその日、一人で留守番をしていた。

時計の秒針の音しかしない静かな部屋の中で、クレヨンで絵を描いていたが、ふと顔をあげたときに、雪が降っているのに気づいた。

クレヨンでは描けない色あいのふわりとしたものに惹《ひ》かれた五実は、縁側から庭用のサンダルをつっかけ、ふらふらと外に出た。

そう。五実はただ、雪を追ってきたのだ。

オートスナックの駐車場に正宗と睦実の姿を見つけても、五実は二人が何をしているのかわからず、駐車場で寝ているのかと思った。でも、なぜかいつものように無邪気に駆け寄ることができなかった。

二人は唇を重ねている。何度も、何度も。

キスというものが、その行為の意味するものが、よく理解できなくても。それでも、

五実には痛いほどわかったことがあった。

「……なかまはずれ」

五実が呟《つぶや》いたと同時に、空にピキキ……とひび割れができた。ひびの背後には、激しい熱の気配があった。この永遠に続く冬の世界には異質なもの。

それは、夏の太陽だった。

キスを続ける正宗と睦実の頭上に、静かに降っていた雪。それが、夏の強烈な日差しをうけてみるみる重さのある水滴へと変わる。

「雨に……なってく」

夏の光をはらむ雨粒に濡《ぬ》れながら、睦実がぽつりと言った。しかし正宗は、まったくそれに応じず、睦実に唇を重ねるのに夢中だ。

「ね。夏が……」

「ごめん……今は、やめたくない」

「……あ」

「……爆発しそうだ」

「うん。胸、つぶれそう……」

あまりに馬鹿みたいだな、と、正宗も睦実も思った。これが、猿みたいだというやつかと。だけど、馬鹿みたいでいいんだと思った。だって、ずっと、我慢していたんだ。

俺達は、夏を感じることを、我慢していた。


「あー……」

ぼうっと立ったままの五実が、夏の雨に濡れている。

心も体も出口を失わせる曇天に、無数のひびが生まれる。五実の頭上には、ひび割れからのぞく暴力的なほど鮮やかな夏空。

二人のキスを、ただ、じっと見つめながら。五実は自分の胸のあたりを、ぐっと押さえた。こみあげてくる名前のない気持ち、その鋭い切っ先が彼女を貫いた。

「いた……いたぁ、い……」

五実の叫びとともに、激しく入ったひびが大きくくずれこみ、空が割れていった――

そして。

多くの場所で、多くの異変が起こった。

まず、製鉄所では激しい揺れが起こり、この世界になってから何もせずとも動いていた高炉が、激しい軋《きし》みとともにその稼働を停止した。

夏の雲が、影をおとす。煙突や地面、パイプからは残り香のような煙がわずかに漂い、神機狼の形を作る前に霧散していった。


学校でも、商店街でも、港でも、バス停でも。

雪が雨になり、それにひび割れからの夏の強い日差しが反射して、屋根や海がまだらに輝いた。冬と夏とが同時に存在する、異様かつ美しい景色に、人々は息をのんだ。

しかし。今までと大きく違うのが、空にだけあったひびが町のあちこちに存在していることだ。足元や手の届くような景色にまでひびが入り、そこから『同じ場所の、現実の景色』が見える。

たとえば、日本家屋にあるひび割れからは、ロープが張られて草ぼうぼうになった空き地が見えている。現実では住民が高齢で亡くなったため、取り壊しただけで放置されているのだろう。古びた雑貨屋にあるひびからは、さらに古くなり窓ガラスも割れた雑貨屋が見える。ショーウィンドウに置かれた商品には埃《ほこり》が積もって、もう営業はしていないようだ。

現実では、この世界よりもずっと時が進んでいるはずなのに、ほとんど発展した形跡はなかった。むしろ退化したような未来の景色は、夏の色合いに染まってどこか空しい明るさがあった。

その景色に気をとられ、ぼうっと見つめていると、ひびが自分達のところまでやってきた。右腕をひびの向こうにとられた途端、夏のもとでだけその輪郭が曖昧《あいまい》になった。いつかの正宗と同じだ。

慌てて「うわあ！」と引っ込めるが、そこで皆が当たり前のことに気づいた。


まぼろしは、まぼろし。

現実には、存在できないのだということに。


ひび割れから、耳をつんざくような蝉の声が響いてくる。

キスに夢中になっていた正宗と睦実は、ようやく自分達のおかれた状況に気づき、我に返って体を離した。

「なにこれ……こんなに、現実？」

きょろきょろと辺りを見回して、二人は国道のむこうに五実の姿を発見した。

「五実⁉　どうして出てきちゃったの⁉」

正宗と睦実は、慌てて五実に駆け寄っていく。しかし五実は、強張《こわば》った表情でじっと立ち尽くしたままだった。

「五実、どうして外に……」

「なかまはずれ」

五実は睦実の言葉をさえぎって、キッと二人を睨《にら》みつけた。そして、もう一度。

「なかまはずれ」

「なに言ってんだ、五実……？」

正宗は、五実の肩に手を置こうとした。その手のひらに五実は、がぶっと思いきり嚙《か》みついた。

「……っ!?」

手をひきはがそうとするが、五実は食らいついたまま離れようとしない。目の端に浮かんだ、涙。五実の必死な形相を見て、睦実は何かを察したように言葉を失った。

「五実、落ち着け！」

なんとか五実を引きはがすと、正宗の手のひらには歯形が残り、血がにじんでいた。

そのまま五実は、ふらふらと歩き出す。

「待って……！」

そこに、大音量のアナウンスが響いてきた。市が所有する街宣カーだ。

『神機狼が停止しました。繰り返します、神機狼が停止しました……』

顔を見合わせる正宗と睦実。

『皆さん、速やかに避難場所へ向かってください。塩見町《しおみちょう》、安手町《やすでちょう》の皆さんは見伏公会堂。百瀬町《ももせちょう》、足名町《あしなちょう》の皆さんは見伏中学……』

＊

夜の市民ホールには、自主防災会の看板を置く余裕もなく、多くの大人達が雑然と集まっていた。その最後列では佐上が、数人の取り巻きを従え、仏頂面で椅子に腰かけていた。取り巻き達は年齢も服装もバラバラで、製鉄所の人間ではないようだ。彼らが睨みつける視線の先では、時宗が製鉄所としての見解を市民に説明している。

「近頃の神機は、朝も夜もなく稼働し続けていた……消えたいと願う人々が多発し、その『心の穴』をふさぐため、神機狼を発生し続ける必要があったからと思われます。そのせいで、炉に過剰な負荷がかかったのかと……」

すると「神の女を、外に出したせいに決まってるでしょ！」と、佐上が大きな声で時宗の説明を遮った。取り巻き達も、「そーだそーだ！」「ようやくわかったか、愚民ども！」などと声をあげている。

人々は顔を見合わせ「なに言ってんだこいつ」「愚民ってさぁ」と口々に嘲《あざけ》るが、佐上はそれみたことかという上から目線の態度を崩さない。

「神機狼が出てこなくては、ひび割れから現実に侵食されるのはあっという間でしょう。残念ですが、我々の世界はもうおしまいです……あーあ」

もったいつけたように市民達を見るが、皆、何も口にせず佐上を睨んでいる。そこで佐上は再度、「あーあ」と言って数歩を歩き、また、ちらっと皆を見る。やはり、止める者はいない。

「あーあああッ！」

最後に大きく叫んで去っていく佐上を、「佐上さん、待ってください！」と叫びながら、取り巻き達が追いかけていく。

「なんなんだあいつら」

人々が呆《あき》れた視線で見送る中、時宗だけは何かを考えている様子だった。

深夜の自室で、正宗は身の回りのものをリュックにつめこんでいた。まぼろしの世界の中で、どこに避難しても変わらないようなものだが。カーテンは閉まっていても、なんとなく明るい。月明かりではなく、これは、ひび割れからもれてくる光なのだろう。

「正宗、ちょっといい!?」

美里に呼ばれて階下に降りると、一緒に避難の準備をしていた宗司と時宗も手を止めて、置かれた段ボール箱を見下ろしていた。

「時宗にも見てもらいたいんだ。避難するのに、お中元でもらったタオルとか持っていこうと思ってタンスの奥をあさったら……」

美里が段ボール箱を開く。そこから一冊のノートを取り出して、正宗に渡した。

「そしたら、これが出てきたの。五実ちゃんのことも、書いてある」

それは、昭宗が書いていた日記だった。

正宗は一瞬たじろいだが、意を決してページをめくった。

八月十五日

鉄山で山崩れ。激しいひび割れ。この世界ができた、あの日以来だ。

貨物列車で小さな女の子を発見。独特の臭い。

ひどく怯《おび》えている。ひび割れから垣間《かいま》見えた、夏の空。蝉の声。

この子は、列車に乗って、現実からやってきたのだ。

「列車に乗って、現実から……!?」

思わず声が出た正宗に、宗司は軽く頷《うなず》くようにする。

「神の山を削ったもんが、神機になるってんなら。運ぶもんだって、同じことだろう……」

「じゃあ、あの列車に乗ったら五実は帰れるってこと!?」

時宗は口をつぐんだが、正宗は前のめりでノートの続きを読む。

八月十六日

女の子は、製鉄所内の休憩所に預けられることになった。総務の柏木《かしわぎ》さんと市川《いちかわ》さんが、交替で見てくれるという。

女の子が背負っていたリュックに、名札がついていたという。そこに書かれていたのは、菊入沙希《さき》という名前。

最初は偶然かと思ったが、名札の中に入っていた家族写真を見て驚く。そこに写っていた、俺と同じ年頃の父親。少しだけ照れたような笑みに、見覚えがあった。

首元、正宗と同じ場所にホクロ。間違いない。

この子は、手に入る気配のない未来で、正宗の娘になるはずだった。そして、俺の孫になるはずだった存在だ。

「そうだったのね。五実ちゃんが……正宗の……」

美里が、愛《いと》しさと苦しさのないまぜになった声音で呟《つぶや》く。正宗は強張《こわば》った表情を崩さなかった。

「知っていたのか」

宗司の言葉に、軽く頷く。

八月十七日

休憩所を訪ねる。やはり、女の子は――沙希は、ひどく臭う。

手でふれた実感といい、沙希が現実の存在だということは疑いようもない。だとしたら、なんとしてでも戻してやらなくては。

佐上君が、協力してくれるかが問題だが……いや、大丈夫だろう。

そもそも、現実から来たものは、物理法則が違うはずだ。

沙希がいることで、この世界にどんな影響をもたらすかわからない。

たとえば、沙希が成長したり……それこそ、心が大きく動くだけでも。この世界に何かしらの異変が起こる可能性がある。

沙希を現実に戻してやる方法を、皆で探せればいい。この世界を救うことが、沙希を救うことにもつながるのだ。佐上君に話してみよう。


「心が、大きく動くだけで……異変が……」

現実の存在である五実が、まぼろしの世界に存在する。あやふやで本来形のないものに、実存が入り込んできたのだ。それだけで、世界が壊れるような脅威になるのは想像に難くない。しかも昭宗の希望は、五実を救うことにもつながっていた……はずだった。

八月十八日
佐上君は、俺の意見に「まったく同じ考えだ」と言った。

だけど、それは「沙希の心が動けば、この世界に異変が起こる」というところだけ。

神の女が心を動かすのは、穢《けが》れだと。

そう。佐上君は、神機が自分の嫁……神の女とするために、沙希を呼び寄せたのだと言う。彼女をこの世界から逃すわけにはいかないと。

佐上君は、沙希を第五高炉に連れて行った。この世界を維持するために、神機に閉じ込めるべきだと。

そうなのだろうか、もうわからない……。


昭宗の考えは、佐上に曲解して受け止められたようだ。そして、さらに過酷な状況に五実を追いやることになる。

?月?日
日付を書くのを、今日からやめようと思う。
月日をカウントするのを禁じられて、抵抗してきたけれど、なぜ抵抗なんてする必要があるんだろう。外の雪を見ながら、夏の終わりの日付を書くなんて。

この日々に、適応するのが嫌だった。でも、適応するもなにもないじゃないか。自分達は実体がない、蜃気楼《しんきろう》のようなもの。現実に生きる存在ではないのだから。

そんなことを思うのも、沙希が来てからだ。

沙希を見ていると、あまりにもすべてがくっきりしている。臭いだけじゃない、体温、吐く息。たぶん、心だって。ここにいては、彼女の輪郭がどんどんぼやけていくだけだ。

そんなことを思うのは、俺だけじゃないみたいだ。沙希の面倒をみてくれていた柏木さん達に、もうこれ以上は無理だと言われた。

俺が代わりにと思ったが、佐上君に止められる。神の女に、男が触れてはならないと。頼むあてがあると言う。

?月?日

佐上君が、娘の睦実さんを連れてきた。柏木さん達の代わりに、沙希の面倒を見てくれることになった。

睦実さんは、沙希とよく似ている。写真の中で、正宗の隣で笑っていたあの女性にも、どこか似ている気がする。聞けば正宗と睦実さんは、同じクラスなのだという。睦実さんなのかもしれないな、と思う。正宗と沙希と一緒に、笑っていたのは。

沙希は、睦実さんを前にして、笑顔をみせた。ここに来て、初めての笑顔だ。やはり、勘づいているのだろうか。睦実さんが、自分の母親だということに。でも睦実さんは、ずっとこわばった表情をしていた。沙希とは距離を置いて接しようとしているようだ。彼女もまた、何かに気づいているのかもしれない。

?月?日

製鉄所に行く気になれない。

居心地のいい正宗の部屋で漫画を読む。何度も何度も読んだ漫画。キャラクターが、哲学奥儀エネルゲイアを炸裂《さくれつ》させている。

この漫画雑誌を、このコマを、何度読んだだろう。別に面白いわけじゃない。筋もわかっている。でも、なんとなくは覚えているけれど抵抗なく読める。

閉じ込められた、同じような世界。記憶力が低下しているような感じだ。

そういえば、アリストテレスがこう言っていた。希望とは、目覚めている者が見る夢だと。

希望を見る資格のある少女を犠牲にしてなりたつこの希望のない世界に、なんの意味があるのだろうか？

？月？日

正宗は、今日も絵を描いている。

いくら絵がうまくなっても、大人になれないのに。未来に結びつくことはないのに。

それでも、どんどん、うまくなる。

この異常な世界でも、人はいくらだって変われる。

正宗を見てると、思う。

正宗のノートを持つ手が、震えた。

そして、そのまま、ノートの上にしみが出来ていく。

「そうだよ……俺、絵。うまくなったんだ……」

ぽろぽろと、正宗の瞳《ひとみ》から涙がこぼれる。

「うまくなっても……ここから、出ていけないし。意味なんてなくても、それでも毎日描いてたら……うまくなった」

正宗は、ノートを愛《いと》しそうに撫《な》でた。

「嬉《うれ》しかったんだ。うまくなるのも、褒められるのも。未来に繫《つな》がらなくたって、かまわないんだ……楽しくて、ドキドキして……俺は、ここで生きてるんだって」

なのに俺は、沙希が変わっていく可能性を奪った。

「！　あ……」

正宗は、言葉を失った。五実の状況を、誰よりも苦しく思っていたのは昭宗だったのだ。

でも、俺には無理だ。

ああ、今。彼方《かなた》が光っている。製鉄所はどうして、いつも輝いているんだろう。そんないつもは当たり前のことが、ようやく気にかかるようになっていた。

それは、自分がわざと忘れようとしていることなのかもしれない。

物理法則が違う存在が近くにいるから、嘘がつけなくなっているのだ。と思う。

足元が眩《まぶ》しく感じられて、目線を下げれば、胸のあたりが光っている。亀裂《きれつ》のようなものがある。これは、ひび割れなのかもしれない。人間にもできるのか？

いや。考えてみれば、空も山々も人間もすべて同じまぼろしか。

煙が出ている。何かを探しているようだ。

ああ、俺を探しているんだ。

外に出れば、あの煙は、この胸のひびへ飛び込んでくるだろう。そして、空のひびを埋めるように、俺のひびも埋めようとする。

でも、どうなるんだろう。割れてしまった心が修復されるなんてことはあるんだろうか。そもそもこの世界にとって、俺こそがひび割れなのかもしれない。この世界に、疑問を持ってしまったのだから。

俺も、変わりたかった、正宗のように。

だけど、俺には無理だ。だったら……。

そこから先は、白紙だった。

ぽろぽろ涙している正宗の背中を、美里がそっと撫でた。

「正宗、父さんを許してほしい」

「……許すも、許さないも、ないよ」

正宗は、ぐいと涙を手の甲で拭《ぬぐ》った。そして、少年らしい顔で口にした。

「褒められたから、嬉しいだけだ」

それは、正宗の本音だった。大好きな父親に、どんな形であれ認めてもらえたことが。宗司も、時宗も、正宗を黙って見つめていた。

正宗は、決然と顔をあげる。

「おじさん……俺、戻してやりたい。五実を、現実の世界に！」

＊

「はい、荷物はこれで全部ね。後からすぐ追いつくから」

「うん、行ってきます」

エンジンをふかし、正宗と宗司をのせた軽自動車が去っていく。見送った美里は、うーんとひとつ伸びをした。

「さて、あとは……」

と、時宗が美里の前に立ちふさがった。緊張した面持ち、それでも視線はまっすぐに美里をとらえている。

「あのさ。最後に、言っておきたいことがあるんだけど……いいか？」

熱のこもった時宗の声に何かを感じた美里は、視線をそらして、軽く微笑みを見せる。

「ううん、聞かない」

虚を衝《つ》かれた様子の時宗に、美里はふっと笑う。

「もうすぐ全てが終わるなら、ちゃんといい母ちゃんで終わるよ」

美里はそのまま、時宗の横を通って家の中へと戻っていった。何かを言う前に、遮られてしまった時宗だが、その表情はどこかすがすがしかった。そして「そうか……」と呟《つぶや》き、顔をあげた。

空から地上に伸びるひび割れは、神機狼に埋められることなく、四方八方にどんどん広がっていく——。

正宗の運転する軽自動車は、中学校へ続く国道を行く。

「ああ、もうこんなに見えてる」

海沿いの国道では、現実があちこち顔を覗《のぞ》かせていた。こちらは夜だが、向こうはまだ夕方のようで、闇にオレンジが滲《にじ》んでいる。そのため、道まで亀裂があるところなどは通行止めとなって、片側一車線だけしか機能していない。見伏には珍しく渋滞している。

「やっぱり、製鉄所が事故ったから。すっかり寂れてるね」

ひび割れから見える景色に、正宗はぽつりと呟く。まだ陽は落ちきっていないというのに、現実では多くの店がシャッターを閉めていた。

「送り盆か」

現実の国道には、提灯《ちょうちん》のようなものがあちこちにくくりつけられている。

「ほんとだ。盆祭は、まだやってるんだ」

正宗は、記憶をたどって目を細める。

「楽しかったな、盆祭。花火が上がって、屋台がいっぱい出てさ。焼きそば、りんご飴《あめ》、射的に型抜き……」

すると、宗司が窓の外を見つめたまま呟いた。

「この世界が、バチが当たって出来たとは思わん」

「お爺《じい》ちゃん？」

「お前と一緒だ」

「え、俺と……？」

「見伏の神さんは、褒められるのが嬉しくて……いちばん、みんなに褒められたいい時期を。写真に撮って、残しておきたかったんだろう」

見伏の冬の海は、ただ、静かに輝いていた。


校庭には車が何台も止まっていて、大人達が布団を運び込んでいる。現実はそこかしこに覗いているが、どうやら正宗達の学校は廃校になっているらしく、人の気配はない。「おお、どうなってんだ？」などと中年男性が興味本位で中を覗こうとして、子供に「危ないよ！」と怒鳴られている。

窓にはカーテンがかけられ、市民達の手で、ガムテープで目張りなどがされていく。

「なるべく隙間がないように！　ひび割れからの光がはいってこないようにして……」

段ボール箱を運んできた正宗が昇降口から中に入ると、「町内ごとに分かれてください」と即席で書かれたボードが廊下に貼られていた。正宗はちょうど自分達の教室だ。

教室に足を踏み入れると、いつもの机は後ろに片付けられて、すっかり避難所然としていた。睦実と笹倉達はすでに到着していて、窓から入ってくるひび割れの光をさえぎるための作業をしている。

「あれ、五実は……」

「原ちん達が、面倒見てくれてる」

正宗は、睦実や笹倉達に昭宗のノートから理解できたことを語った。製鉄所にある『現実から来た列車』に乗せれば、五実は元の世界に帰れるかもしれないこと。そして、五実の存在がこの世界の存続に関わっているのかもしれないこと。

「！　五実の心が、動くと……」

睦実は、何かを感じ取ったようだ。

「でも、現実の列車に乗せるったってさ。五実が一人でか？」

「運転は誰がするんだよ」

皆が口々に好き勝手なことを言い合っていると、騒々しい足音が近づいてきた。

「やなの、やーっ！」

走って来た五実は、正宗の姿を見るとびくっと急停止し、そのまま回れ右しようとした。しかし、そこに原達が追いつく。

「つかまえといて！　ジャージ汚れちゃったから、着替えさせないと」

「や、ぬがない！」

「臭いんだからぁ、あんたもう」

五実は、ジャージを守るように自分の肩を抱いている。それは正宗に「似合う」と褒められた、正宗から借りているジャージだ。

正宗から顔を背けて、強情そうに俯《うつむ》く五実。それを見た睦実は、苦し気に眉《まゆ》をひそめた。

そこに、校内放送の『ピンポンパンポン♪』という呑気《のんき》な音が響く。

「新見伏製鉄からお知らせがあります。体育館にお集まりください」

「工場を現実と同じように、自分達の力で稼働させる。そして、作為的に神機狼を発生させます」

体育館で、集まった人々を前にきっぱりと時宗が言い切る。

正宗は、予期せぬ時宗の言葉に呆然《ぼうぜん》となった。

人々は口々に、「ちょっとお、どういうこと?」「どうせ世界は終わっちまうって、あんたが言ったんだろ菊入さん！」「そうだそうだ！」「話が違うぞ！」と、正宗の胸にわきあがった言葉を代弁してくれるかのように騒ぎ出す。

しかし時宗は、ためらわずに続ける。

「確かに。もし神機狼が出たとしても、焼け石に水。もうひび割れは止めきれないでしょう。この世界は、結局は終わってしまう——……それでも、一年でも、半年でも。いや、たった一日でも長くこの世界が続くのなら」

作業員と視線をあわせ、時宗は力強く頷《うなず》き、きっぱりと顔をあげた。

「俺達は、諦《あきら》めない」

正宗は「な……っ」と衝撃をうけ、言葉にならなかった。人々は「なんだなんだ」「いいぞ、菊入！」「えー、もういいよめんどくさい」などと、拍手をしたり困惑したり、さまざまな反応をみせていた。

そして、正宗といえば——怒りで、顔を真っ赤にしていた。


「おじさん、待って！」

学校の駐車場で、時宗がバイクにまたがろうとしたところに、正宗が走り寄る。

「五実を助けるの、手伝ってくれるんじゃなかったの!?」

「俺は、兄貴とも佐上とも意見は違う。この世界の存続に、五実は関係ないと思ってる」

「だったら、五実が脱出するまで待ってくれたって……」

するとと、時宗は、真剣な口調で口にした。

「この世界になる前から、俺は待ってるだけだったんだ」

何を言い出すのだと、不審そうに眉をひそめる正宗に、時宗は記憶を手繰り寄せるように軽く空を見上げた。

「ガキの頃から、空気読んじまって……マイペースな兄貴に、全部ほしいものを取っていかれてた。玩具《おもちゃ》も、筆箱も……――お前の母ちゃんも」

「は？　母ちゃんって……」

「私はものじゃない」

そこにやってきた美里が、きっぱり言い放った。しかし時宗は、まったくひるまなかった。バイクのキーを回しながら告げる。

「俺は……美里を、いい母ちゃんで終わらせるつもりないから」

「!?」

美里と正宗を置いて、時宗はぶおんっとエンジンをふかすと走り去っていった。呆《あっ》気《け》にとられていた正宗だが、やっと我に返る。

「なんなんだよ、あいつ！……もういい、あんな奴の助けなんていらない！」

正宗は憤慨しつつ、校舎に戻っていく。残された美里は、時宗の去っていった方向を見つめていた。目を細めて、息をつくように笑う。

「馬鹿だな、大馬鹿」


教室に戻った正宗は、ガツガツとチョークの音を立てながら、苛立《いらだ》ちまぎれに黒板に地図を描きつけていく。それは、製鉄所内と、そこに配置された列車の位置を示す図だ。

「神機狼を、あのイロボケ爺《じじい》が復活させる前にひび割れからでないと！」

「イロボケ？」

不思議そうに笹倉達が顔を見合わせると、教室の後ろからばりばりっと音がした。五実が、むすっとした顔で窓の目張りを剝《は》いでいるのだ。

「おい、やめろって……」

止めようとして正宗が近づくと、五実は「みつみ、いかない！」と叫んで、走って教室から逃げ出してしまった。

「五実！」

「なんだよ。あいつ、現実に帰りたくないのか？」

「そりゃ、そうじゃないのぉ。だって、もう昔の記憶もないだろうし……」

そこで原が、言いづらそうにぼそっと口にした。

「ねえ。本人が望んでないなら、無理に帰さなくてもいいんじゃない？」

「なに言ってるんだよ、この世界はなくなっちまうんだぞ？　五実は、助かる可能性があるのによ」

笹倉が、正宗の気持ちを代弁してくれている。しかしどうにも落ち着かず、正宗は睦実に視線をやった。

「睦実、お前はどう……」

しかし睦実は、答えずにぷいと教室を出て行った。

「睦実！」

正宗は慌てて追いかけたが、睦実はまったく止まる気はないようで、早足で廊下を進んでいく。

「なあ、ちゃんと聞いてよ！」

正宗は睦実の腕を取って止めようとしたが、それより早く睦実が振りかえり、正宗の胸倉をぐいとつかみあげた。

「!?」

強引で暴力的だが、唇がふれあいそうなぐらいに近づき、正宗はどきっと硬直してしまう。オートスナックでの出来事が、体感をともなって思い出される。

すると、睦実はすべてを見通したように言い放った。

「……キスしたぐらいで、調子に乗らないでくれる」

「な……っ？」

睦実は、胸倉をつかんだ手をぱっと離した。その伏し目がちな表情に、濃い後悔の色がにじんでいる。

「五実に、見られたのよきっと……だとしたら、こんなに……いきなりひび割れが増えたのも、理由がつく」

「待って、どういう……!?」

「私が、五実の面倒を見させられてたのは……神の女は、人を好きになったら、力を失ってしまうから」

睦実は正宗を真っすぐ見つめて、言った。

「五実は、正宗に、恋をしたの」

正宗は、絶句する。

まさか、そんなことあるはずない……そう言い返したかったけれど、でも、その通りなのだろうとなぜか納得した。

まぼろしの世界になってから痛みをあまり感じなかったはずなのに、あの時に五実に噛《か》まれた手の痛みが、じんと正宗の胸に迫ってきたからだ。

そこに、笹倉達が血相を変えて走ってきた。

「正宗！　五実が！」

「！　え……？」


「かんぱ――――い！」

夜を迎えた教室で、大人達が酒盛りをはじめている。避難の際に持ってきた食材を、調理実習室で婦人会の面々が料理したものが並べられる。

「あれ、これにんにく味？」

「しょうが焼きかと思ったのに」

美里は、後ろから皆の机に漬物を置きながら笑う。

「見た目が『おんなじよう』なら、本物とたいして変わんないって……」

「変わらなくはない」

机のはしで、もぐもぐと静かに食事をしていた宗司が呟《つぶや》いた。

「こいつのほうが、本物よりも上等だ」

テレビから『俺は、すべてを知りたいんだ！』という何度も聞いた叫びが響いてくる。テレビの前にいた初老の男が、皆を振り返った。

「おいっ……これ、いつものドラマの続きだぞ⁉」

「えええっ⁉」

慌てて皆も前に走っていき、テレビの前にわいわいと人だかりができる。

雨に打たれながら、すべてを知りたいと言った刑事の前で、明らかにあやしい存在だった女が『だったらぜんぶ、教えてあげる』と言い出した。今まで、見たことのない映像だ。手に汗握り、じっとテレビ画面を見つめる人々。

「まさか、こいつのはずないだろ。バレバレすぎ」

「ここまで引っ張ったんだもの、さすがに少しひねって……」

『そう、犯人は……この私よ‼』

「え――――っ‼」

皆が、一斉に叫んだ。そして口々に「本気か！」「こいつが犯人って、ベタすぎだろ！」「クレーム入れろ、クレーム！」「現実に電話すんのか？」などと感想をまくしたてた後……どっと笑い声が起こる。

「なぁんだ。私が予想してた犯人の方が、ずっと面白かった」

「現実ってのは、この世界よりだんぜんつまんねぇかもなあ」

皆が好き勝手に騒ぐ中、ぽつりと誰かが呟いた。

「……もっぺん、この世界。やり直せたらいいんだがな」

赤く染まる第六高炉を、時宗が他の作業員らとともに走り回っている。神機狼を吐き出せないからか、熱がこもっているようだった。

「こんだけ長いこと動かしてなきゃ、錆《さ》びついて固まってるはずだが……」

しかし、ここはまぼろしの世界だ。時間経過も曖昧《あいまい》な中では、劣化などはしていないはずだ。

そこに、作業員が駆けつけてきた。

「菊入さん！　佐上のやつが、第五高炉で妙なことを……」

時宗は「ほうっておけ」と言うと、顔をあげた。

「佐上はすごいよ。最初から、この世界で楽しむ気満々だったからな……どこでだっていつだって、考え一つでいくらでも未来なんて変えられたのに」

第五高炉に祝詞《のりと》が響く。神主姿の佐上が取り巻きや老人達とともに、神の怒りを鎮める儀式をしているようだ。神機狼をなんとか復活させ、この世界を存続させたいと願う点で、時宗と佐上の気持ちは一致していた。

佐上達が祝詞をあげる背後で、薄く扉が開く。正宗と睦実が顔を出してそっと中をうかがうが、五実の姿はない。頭上を見上げると、キャットウォークから繋《つな》がる小部屋の扉がわずかに開いていた。

祝詞にまぎれるように足音を忍ばせ、正宗達は階段をこっそり上がり、扉をあける。そこには、高炉内にあるとは思えない、美しい飾り窓の洋館のような一室が広がっていた。そして、古く繊細な銀細工の鏡の前には……、

純白のウエディングドレスと、ベールを身に着けた五実が座っていた。

睦実が思わず「綺麗《きれい》……」と口にすると、五実はちらりと冷たい視線をおくってき

た。いつもの五実とはまったく違うそのオーラに、正宗は軽く緊張しつつも笑顔をみせる。

「迎えに来たぞ、五実」

しかし五実は、わずかに身を引いた。全身から漂う拒絶のオーラに気圧《けお》されて、正宗と睦実は思わず顔を見あわせる。

「大変でしたよ。汚いジャージを脱ぎたがらなくて」

声に振り返ると、背後には佐上がにやにやしながら立っていた。

「ですが彼女は、ここにいることを選んだ。すすんで神の女になろうとしているのに、どうして邪魔しようとするのかな？」

「勝手なことというな！　五実は……」

「みつみ、ここいる」

きっぱりと言い切った五実に、正宗は言葉を失ってしまう。

佐上は余裕の表情をみせて「なかなかに、美しい……お前の母親も、美形だったな」と、横目で睦実を見た。

「でも、お前と同じ……僕を小馬鹿にするような眼をしていた。今となっては、どうでもいいが」

　睦実は、佐上を睨《にら》みつけた。

「母さんから、あんたの悪口を聞かされたことなんて、一度だってない」

　睦実の言葉に、佐上はわずかに困惑の表情を浮かべたが、すぐに視線をそらして言い放った。

「そ、それも、どうでもいい」

　その開き直った子供じみた態度に、正宗は思わず悪態をつく。

「くそ。父さん、なんでこんな奴と友達だったんだよ……」

「ともだち？」

　きょとんとした佐上の瞳《ひとみ》がみるみる輝き、がばっと前のめりになる。

「ちょっと待って！　昭宗氏が、僕のことそう言ってたの!?」

「はぁ!?　どうでもいいでしょ！」

　睦実が、どんっと佐上の尻《しり》を蹴《け》り上げた。思わぬ攻撃に、佐上が体勢を崩したところを「行くぞ！」と五実の手を引いて正宗が走り出ていく。

「それは、どうでもよくない！　答えなさいよ！　昭宗氏が僕のこと……!?　ああっ、待ちなさいッ!!」

中庭に走り出てきた正宗達は、鳥居の前に置かれていた列車に飛び乗った。

「ちょうどいい……このまま、列車で現実まで行っちゃえば！」

「行っちゃえばって！　どうやって動かすのよ？」

佐上達は、すぐ後ろまで追いかけてきている。

「わかんない！　けど、とにかく動かしてみないと！」

「めちゃくちゃよ！」

なんの算段もなく運転席に飛び込むと、車体がガクンと揺れた。

正宗達が振り返ると、運転席には先客……製鉄所の作業服を着た宗司がいた。

「！　え……」

「お爺《じい》ちゃん!?」

その凛々《りり》しさにぼうっとなる正宗に、「つかまりなさい」と宗司は言った。宗司の運転により動き出した列車は加速し、車体が振られて風景が流れ出す。

佐上達が列車を取り囲もうとしたところで、大きく列車の警笛が鳴った。佐上達は慌てて、線路から左右に転がり避《よ》ける。

「こらぁー！　神機を勝手に動かすなんて、バチ当たりめが！　ただのバチじゃないんだから、神罰がくだるんだからぁ！」

佐上の取り巻きの一人が、軽トラックで乗りつける。

「はやく追いかけなさい！」

トラックに駆け寄り、その窓にしがみついて佐上が叫ぶ。

「神機がなければ、出ることはかなわない――ならば狙うは、神機転覆!!」

「お爺さん、機関士をされてたんですね。正宗知らなかったの？」

「母さんから聞いたことあったような気がしたけど……お爺ちゃん、あんま喋《しゃべ》らないから」

宗司は、否定も肯定もせず、それでもつい昨日までこの列車を動かしていたかのような確実な手つきをみせている。

五実は、ぐっと唇をかんで椅子に座っている。この状況を歓迎していないことが、体全体から漂っている。

「この先のポイントを切り替えてくれ」

そう口にした、宗司の視線の先。レールの上には巨大なレバーがあった。切り替えてバックをしなければ、製鉄所からは出ていけないようだ。

まだ完全に停止していない列車から正宗は飛び降り、レバーに飛びつく。ひどく固かったが、うんうん唸《うな》りながら、全体重をかけて少しずつ動かしていく。

「切り替え完了！」

なんとか成功し、思わず子供のように叫んで列車に戻ってくる正宗に、宗司は微笑んで頷《うなず》く。

列車は切り替えられたレールへと、バックして行く。正宗はやりとげた喜びに頰を上気させながら、五実の肩に手を置こうとした。

「五実、大丈夫だから。お前は、もうすぐ外に出られるから……！」

すると、五実はその手を激しくはねのけた。

「いたい！」

「！　え、どこか怪我……」

「いたい！　まさみね、さわっちゃや、いたいッ！」

ただ触れただけで、痛みを訴えはじめた五実に皆が戸惑っていると、突然金属音が鳴り響き、車体が激しく振動した。正宗達の体が、天井に、壁に、激しく打ち付けられる。天地が判別つかなくなる。

「きゃあああああッ!!」

「脱線ポイントか!?」

宗司が顔をあげる。佐上の取り巻きが先回りして、レールの先で列車を故意に脱線させるためのレバーを入れていたのだ。

列車は横倒しになり、不本意な形で停車した。正宗は頭を押さえて起きあがり、皆に声をかける。

「大丈夫か⁉」

「う、うん……なんとか」

エンジン音が近づいてくる。佐上達かと思い、慌てて五実をかばうような体勢をとる睦実だったが、やってきたワゴン車に乗っていたのは原と安見だった。

「五実をこっちに！」

砂利をとばしながらやってきたワゴン車は、原が運転している。安見はなぜか、気まずそうな顔をしていた。

「原、さんきゅ！　ほら、先に乗って！」

正宗は礼を言うと、五実を後部座席に乗りこませようとして、足元でもたついているウエディングドレスの裾《すそ》を中におしこむ。自分も続いて乗ろうとした時、笹倉達が乗った菊入家の軽自動車がやってきた。その窓から、笹倉が顔を出して叫ぶ。

「正宗！　原を信用するなぁ！」

え、と戸惑っているうちに、原はワゴン車を急発進させる。

「うわっ……お、おい⁉」

ワゴン車は、五実だけ乗せて走り去ってしまった。呆然《ぼうぜん》の正宗と睦実を残して。

「原ちん⁉」

「五実泥棒――――ッ！」

原の運転するワゴン車が激しく上下しながら、製鉄所の付近をぐるりとまわる河川敷を走っていく。

「きゃ！　原ちんの運転、あっら！」

「うるさいなっ、ごめん！」

言い合う原と安見をよそに、後部座席では五実が窓の外をじっと見つめていた。ひび割れの向こう、現実にあがる盆祭の花火に目を奪われているようだが、どこか挑むような瞳だった。

そんな五実をバックミラー越しに見た原は、前のめりになって口にした。

「五実。好きっていう気持ち、痛いって言ったじゃない……あれ、訂正する」

え、と顔をあげる五実に、

「いたいはいたいけど、意味が違った。好きは、明日《あした》も、明後日《あさって》も！　おばあさんになっても——……その人と、一緒にいたいって思う気持ちだよ！」

原の言葉に、五実は目をガッと見開いた。

「……それ、しってる」

確信めいた口調。そこに、背後から激しくクラクションが鳴り響く。ミラーには、正宗と睦実ものせた、笹倉運転の軽自動車が猛スピードで近づいてくるのが見える。

五実が突然、後ろから身を乗り出してハンドルをいじろうとする。

「もっと、はやいの！」

「うわっ！　あ、危ないってば！」

「はやいの、もっと！　もっともっともっともっと……」

ワゴン車はコントロールを失い蛇行して、後ろから近づいてきていた軽自動車にガンガンとぶつかってしまう。一方正宗達は、揺れる車内で、必死にこらえていた。

「く！　どうして、原……！」

「たぶん、終わらせたくないんだと思う。新田君と、両想いになった世界を」

「皆、うちのがすまん」

「おいっ。新田、犯人に呼びかけろよ！」

新田は揺れる中でなんとか窓をあけ、原に向かって叫ぶ。

「原、考え直せ！」

「やだぁあああああッ！」

叫ぶ二人の間で、正宗は「五実！」と呼びかけた。しかし五実は、耳を手でふさぐようにすると、後部座席に突っ伏してしまった。

「ああっ、もっとスピードあがんないのかよ笹倉⁉」

そこに、遠く近く、下腹から突き上げてくるような低い音が響いてきた。現実の盆祭で鳴っている、祭囃子《まつりばやし》の太鼓の音だ。

「おおっ、なんか盛り上がってきたぜ！」

笹倉は一気にアクセルを踏みこみ、ワゴン車を追い越そうとした。その時、ぎゃぎゃぎゃぎゃぎゃぎゃ……と激しい音をたてて、軽自動車は激しくスリップ。草の茂った斜面を転がり落ちていく。

「きゃあああああっ！」

その光景に、原はワゴン車を止め、青ざめた顔で軽自動車に駆け寄った。あちこちが傷つきへこんだ車内で、笹倉はハンドルに、新田は助手席のダッシュボードに、力なく突っ伏していた。

「新田!……みんなっ、うそ!」

原は慌てて助手席の扉を開けるが、新田は目を閉じ、ぐったりとしている。

「新田、死なないでっ!　いや……!」

原は、新田に手をのばした——すると、がしっ。目を閉じていたはずの新田が原の腕をつかんで、「捕獲」とその胸に抱きとめた。

「だ、騙《だま》された……」

真っ赤になりながらも、それでも抵抗せずに抱きしめられている原。運転席の笹倉も、やれやれと起き上がる。そして「人の心が残ってたな」と笑った。

すでに軽自動車から降りていた正宗と睦実は、奇妙な声に気づいた。

「神の女をかえさなば、神罰がくだろううう……」

河川敷の向こう側を走っているのは、佐上達の乗る軽トラックだ。荷台の上で佐上は、拡声器を片手に祝詞《のりと》のような口調で叫んでいる。

「抗《あらが》えば抗うほど御霊《みたま》はすさびぃ、やたらめったら祟《たた》られまくりぃ、やがて破滅がおとずれぇるぅううう……」

正宗と睦実は、ワゴン車に駆け寄る。後部座席には、身を硬くしている五実の姿があった。正宗が「五実」と声をかけるが、ぷいと顔をそむけてしまう。

「…………」

正宗と睦実は顔を見合わせて軽く頷《うなず》くと、正宗は運転席へ、睦実は五実とともに後部座席へと飛びこんだ。正宗はすぐさま、ぐいんとアクセルを強く踏む。

窓の外をじっと見つめたままの五実をのせ、ワゴン車は走って行く。最初はふてくされていた五実だったが、今は盆祭の様子に惹《ひ》かれて目を離せなくなっているのがわかる。

車は海沿いの国道へと出た。現実ではすでに車両通行止めになり、飲食の屋台がちらほらとでているようだ。提灯《ちょうちん》も並び、祭囃子はどんどん大きくなっていく。

「現実の音が、こんなに響いてくるなんて……」

「もう、時間切れ。私達と一緒に、この子も消える」

ひび割れから見える現実の、まだ完全に暗くはなりきらない空に、鮮やかな赤が巨大な円を描いて現れた。その一部が緑に色を変える……そこからわずかに遅れて、空気を震わせるような破裂音が響く。

「花火だ！」

「わああああああッ！」

「やめなさいって、五実……いたたっ！」

五実は興奮して窓から身を乗り出し、ベールが風に舞う。車内に引き戻そうとする睦実だが、五実が暴れてうまくいかない。正宗は慌てて、車を停止させた。「あぶな……」と言いかけて、ハッとなる。

――ひび割れから見える、現実。

防波堤に座ったり寄りかかったりしながら、海側からあがる花火を見つめている人々。

酒を飲みながら、タコ焼きやスルメイカの煮つけなどを食べながら、おもちゃのヨーヨーをはじきながら、わいわいと。

正宗は気づいたのだ。思い思いに盆祭を楽しむ人々の中で、ワゴン車の先をぼんやり歩いていく、少しやつれた中年男性……大人になった、自分に。

「あ……」

現実の正宗は、手にビニール袋を持っている。コンビニで買ってきた総菜のようだ。祭の日だというのに浮かれた食べ物は買わずに、あがっている花火からも視線をそらしているように見える。あとはただ、家に帰るだけ。

「……父さんの日記。五実がこっちに来たのは、たしか盆祭の日だった」

正宗は呟《つぶや》いた。睦実は、あ、と五実を見つめる。五実は現実の正宗のことは忘れてしまっているのか、花火をきらきらとした目で見上げている。

盆祭の日に、現実の世界からまぼろしの世界へ迷いこんだ小さな女の子。

正宗は思った。もしかして、現実の自分達は家族で祭に出かけたのかもしれない。

そして、五実とはぐれてしまって……。


ハッカパイプの屋台の前で、現実の正宗はふと足をとめる。そして、思い出していた。あの盆祭の夜を——。


「あれほしい！」

あの日の沙希は、ハッカパイプの店の前で駄々をこねていた。

「こーら、売り物にさわっちゃだめ！」

「かってくれるまでうごかない！」

強情な沙希に、睦実はちらと何かを思いついたようだった。

「じゃあ、そうしてなさい。ママ達行くからね！　行きましょ、あなた」

睦実は、正宗の腕を引いて歩き出した。沙希はむくれて、じっと立ち尽くしている。

「おい、いいのか？」

「大丈夫。どうせ諦《あきら》めて、追いかけてくるから……、…………」

そこまで言って、なぜかふっと不安を感じた睦実は振り返る。すると、

「沙希……!?」

そこに、沙希の姿はなかった――。

盆祭の会場では、沙希の捜索が行われた。しかし、すでにあがっていた花火も途中で止められることはなく、祭会場の賑《にぎ》わいの中にいくつかの「迷子だって」「へえ」などのざわめきが混じる程度だった。

その晩以来、正宗と睦実の人生は、沙希を捜すことだけが命題となった。

睦実は人が変わったかのように神経過敏になった。正宗が一人で出かけると不安になり、落ち着かずに叫びだすこともあった。そろそろ二人目がほしいなどと話していたが、そんな話も消えた。ただ、ただ、沙希を求めて。

見伏のすべてをくまなく調べ、チラシを作って協力を呼びかけ、警察に必死の捜索を呼びかけ続けた。一日、一週間、一年、三年……それでも、沙希は見つからない。

見つからない……。

「はい、どうぞ。娘さん喜ぶよ！」

現実の正宗は、ハッと顔をあげた。なかば無意識に、ハッカパイプをひとつ買っていたのだ。それは、あの日の沙希がほしがっていた、女子向けアニメのヒロインのパイプに似ていた。十年たって、放映されているアニメも変わって。たぶん、あの時のキャラクターはもう売っていないだろう。

一瞬、顔をゆがめた現実の正宗は、そのままこちらへ……まぼろしの正宗達が乗っているワゴン車の方へと歩いてくる。

そして、この十年――一瞬たりとも忘れることなく、自分の人生を捨ててもいいとまで焦がれていた、成長した娘の前を通り過ぎた。

五実は、目の前を現実の正宗が通った瞬間、ぱちっと瞬《まばた》きをした。

「……まさ、みね？」

正宗は、去っていく現実の正宗の背中をバックミラー越しに見送り、呟いた。

「俺は笑うことも、泣くことだってできる。この世界でだって、本当はいくらだって自由になれたんだ……だけど、現実の俺達は違う。どこにだって行けるのに……気持ちだけ、どこにも行けない毎日を送ってる」

花火が散る。小さくなっていく現実の正宗の背中から、睦実は苦しそうに目をそらした。

「うん……そうだね」

「五実を出してやりたいってだけじゃない。出してやりたい……現実の俺達を」

五実は正宗達とは別のところに引っ掛かりを持ち、現実の花火を見つめて切なげに呟いた。

「おれたち」

そこに、自分は含まれていないのだ、という思いが。

どこまでも、自分は仲間外れなのだという思いが。

製鉄所では、第六高炉内にまで現実が差しこんできた。ひび割れを避《よ》けながら炉の再稼働を目指していた作業員達だったが、そこに制限が生まれてしまう。

「あぶねぇ！　完全に現実に出れば、消えちまうぞ！」

「つったって！　もう、動ける場所も限られてきて……！」

「ああ……もう駄目っすよ、菊入さん！　終わっちまう！」

「終わらない！　終わってたまるか！」

時宗が叫んだ、その時。

どおおん、どおおおおん！

花火の音よりも数段大きい、鉄山が山崩れを起こす音が製鉄所にまで響いてきた。

同時に、第六高炉の巨大な煙突が、赤く熱を帯びはじめる。製鉄所のあちこちから煙が吐きだされ——それらが神機狼となって、悠然と空を行く。

「神機狼……‼」

わあっと、作業員達から歓声があがる。時宗は、その場にへたりこんだ。

「は……はは……」

佐上達のもとにも、神機狼が製鉄所からたちのぼる姿が見えた。

「ああ、祈りが聞きとどけられた！」

取り巻き達が大興奮するなかで、佐上は一瞬、唇をかみしめた。これで、この世界の崩壊はわずかでも堰《せ》き止められるだろう。佐上にもわかっていた、これが焼け石に水なことは。それでも、やれることは、ある。

「さあ、あとは神の女を取り戻すのです！」

神機狼は悠然と舞い、あちこちのひび割れに入りこんでいく。

あまりに大きく割れていたため、いつもより多少は修復に時間がかかるが、それでも確実かつ誠実な神機狼はせっせとひびを埋め、次のひびへと向かっていく。

「！　だめ……もう間にあわない！」

トンネルへと向かう車の中で。正宗と睦実は必死だった。

自分達はまぼろしで、ここに存在することすらおかしい存在だ。でも、現実に五実を帰してやることができれば、それだけでも意味がある存在になれる。

必ず消えることになっても、五実だけはなんとか。

それでも、トンネルからワゴン車で出られるとは思えない。神機でならば出られるのかもしれないが、もう列車は横転してしまった。

それでも、それでも――。

まぼろしと隔たった空間にひびが入っていることも、それらが凄《すさ》まじい勢いで修復されていることも見えるはずがない現実では、家に帰ろうとしていた正宗が線路の脇を通過するところだった。カメラをかまえた人々が集まっている。

今回の盆祭では、爆発事故を契機に閉ざされてしまった製鉄所が、久しぶりにその列車を動かすというのだ。現実の正宗がぼんやりと見ていると、

「やだ、あれほしい！」

家族連れの子供が、出店を見て駄々をこねていた。ちょうど、あの時の沙希のように。正宗はそこで、自分が今手にしているものを家に帰るまでに手放さなくてはと思い立った。これを見たら睦実がどんな思いをするか……。

「これ、よかったら」

駄々をこねていた子供にハッカパイプを渡した正宗は、返事も聞かず去って行く。

「ええ、こんなのいらないよう。ママ……」

子供が欲しいのは、光る腕輪だったのだ。母親も戸惑った表情で「そのへんに置いときなさい」と吐き捨てた。

その背後で、撮影する人々に駅員が拡声器で叫んでいる。

「記念列車が出発します。運転席を撮影されている方は外に出てくださーい！」

トンネル方向に向かう峠を走っていた正宗達は、警笛が響き渡る見伏を見下ろしていた。

「おい、あれ!?」

後方の高架橋の上に、現実からの花火の光を反射しながら列車がやってくるのが見える。

「列車……！」

「なんで⁉　誰が運転してるの⁉」

「いや、あれは……現実の列車だ！」

視線のはるか先。トンネルの先にはまだひび割れの裂け目が残っている。

「あの列車に、五実を乗せれば！」

「どうやって⁉　ひび割れの向こうにあるのよ……きゃっ！」

正宗は、ぐいんと力強くアクセルを踏む。

「どうにかする！」


現実とまぼろしが混ざりあったなか、現実では人々が盆祭で楽しそうに笑みを交わす様子を、避難中のまぼろしの人々は切なげに見つめていた。

少し気がほぐれたのか、「おう、神機狼もがんばるねぇ」「どんどん消えていくな……」「あ、あれ。金物屋のせがれじゃねぇか？」「おう、あのホクロ。間違いねぇ」などと、閉ざされていく現実で知った顔を捜していく。

「あ、ねえ。あれ、山崎さんじゃない？」

妊娠した姿でまぼろしの世界を生きていた女性は、自分の娘らしき少女と歩いている、年を重ねた自分の姿を見た。

友達のような親子らしく、屋台で買った不思議な容《い》れ物に入ったソーダを飲んで、二人で笑っている。

その光景に彼女は、大きなお腹をさすりつつ、涙を流した。

ひび割れを神機狼が埋めるにつれ、仲の良い親子の光景もまた消えていく……。

がたがたの山道を、正宗らのワゴン車が行く。ハンドルを握る正宗の手に、汗がにじむ。激しく揺れる車内で、五実はのんきに「おおおおおおおお」と声をあげた。声が震えるのが楽しいのだろう。

と、いきなりあたりが歪《ゆが》み、景色が変わった。

同じような山の緑に囲まれながらも、手入れされていないのがわかる。そこに色鮮やかな花火が明滅することで、まぼろしよりずっと濃い緑をあらわにする。

「ひび割れに入ったよ⁉」

叫ぶ睦実を、五実はきょとんと見た。

「へんなの……？」

「え？」

言われて気づけば、睦実の手のひらがかすかに揺らいでいる。慌てて睦実が顔をあげると、正宗も同じように身体の輪郭が曖昧《あいまい》になってきている。

ここは、現実なのだ。現実の中で、まぼろしは生きていけない。

「あ……このままじゃ、私達。消えちゃう⁉」

「わかってる！　けど、現実の列車に乗せるにはこれしかない！」

神機狼が、列車上空のひび割れに襲いかかろうとしている。と、ザザ、ザ……乱れた音が車内に響いてきた。

『ラジオネーム、よく寝る子羊さん』

高くて癖のあるＤＪの声、仙波が好きだったラジオだ。

『受験なんてもうやだ。誰か助けて、死にそう』

すると、正宗は「……ぷっ」と思わず噴き出した。

「あはははは！　そうかよ。だったら、勝手に死ね！」

笑って叫ぶ正宗に、五実もつられて嬉《うれ》しそうに「しねー！」と叫び、睦実がまるで母親のように「こら、物騒だよ！」と窘《たしな》める。

「死ぬってことの意味もわかってねぇくせに。気軽に口にすんじゃねぇよ！」

「私達だって、わかってないでしょ」

「ああ！　わかってたまるか！」

ぐいん。さらにアクセルを強く踏む正宗。「きゃあっ」睦実は、片手で五実をかばうようにして、もう一方の手で前方の座席にしがみついた。

『今は逃げ場がない感じ』

正宗の運転する車は、わき道を駆けのぼっていく。

「探せば見つかる！」

『どこまで行っても、暗闇って感じで』

そこに、ひときわ輝く花火。

「照らす光だって、どこかにある！」

『でも、もし高校受かったら。私、変わる』

「受かんなくったって、変われる！」

「正宗、前ッ⁉」

正宗が気づくと、目の前の道は崖《がけ》になっていた――。

『だから――……お願い、神様』

ワゴン車がガードレールを飛び越え、崖から大きくジャンプする。

悲鳴をあげる間もなく眼下の鉄橋に落下。ワゴン車は線路のレール上に横倒しになってしまう。

「っ……！　お、おいっ。大丈夫か⁉」

正宗の呼びかけに、後部で倒れていた睦実と五実がよろよろと顔をあげる。そこにつんざくような警笛が響き渡った。現実の列車が、こちらに迫ってくるのだ。

「ひかれる……！」

思わず目をとじる正宗達。しかし。列車はキィイイイイイと神経に障る音をたて、ぎりぎり正宗達の前で停止した。

現実では、記念列車の運転席で、初老の運転手が目をこらしていた。そこに「どうした？」と無線の声がする。

「すいません。車が飛びこんできたような気がして……」

正宗達は、車外へ飛び出す。目の前には、停止した列車。格好の機会だ。貨車の連結部分に乗せようと、正宗は五実の手をひっぱった。

「ほら、五実。はやく！」

しかし、五実は無言でいやいやと首をふる。正宗は泣きそうな気持ちになって「お願いだ、五実！」と叫んだが、五実はぎゅっと睦実の腰のあたりにしがみついた。

「いかないの！　いつみ、いかないの。いっしょにいる！」

大きな瞳《ひとみ》いっぱいに涙をためて、必死に訴えかける。

「まさむねと……むつみと！　いっしょにいる!!」

「！……あ」

その瞳に……睦実は、思い出していた。

最初に、五実と出会った時のこと。佐上に呼び出され、製鉄所へと行った。面倒を見ろと言われて、あの第五高炉で対面した。

自分とどこか似た少女。

佐上から説明を受け、彼女の持っていた名札と写真から、違う世界では自分の娘だった可能性を知った。だからこそ、佐上は自分に押し付けてきたのだ。

説明を受けても、睦実は冷静だった。現実の自分は自分ではない。ただの作業として、世話ぐらいやっていけるはずだと思っていた……が、五実は睦実を見たとたん、泣きはらした目のまま、ふわあっとした笑みをみせた。睦実から、なにか近いものを感じたのかもしれない。その瞬間、睦実は強く思ったのだ。

近づきすぎてはだめだ、と。

近づいたら、きっと、好きになってしまうと。

そうなったら、この子を製鉄所に閉じ込めて暮らしていることへの罪悪感に、自分が潰《つぶ》されてしまうと思った。

睦実が第五高炉へやってくるたび、五実は遊んでほしそうに周囲を走ってみたり、わざとボールをこちらへ投げてみたりした。それでも、睦実は最低限の世話しかせず、無視を続けた。

その態度に何かを悟ったのか、やがて五実も睦実に対して期待するのをやめていった。表情を失っていき、いつも一人遊びをするようになった。話しかけても答えてもらえないため、言葉を発しなくなった。そのうちに、だんだんと言葉を口にするという行為自体を忘れていった。これでいいのだ、と睦実は思った。

好きになってはいけないのだから。

何年か月日がたったであろう、ある時。五実がくしゃみをしていた。

冬でありながら、そこまで寒さを感じられないこの世界。五実にとっても、同じだと思っていた。実際、五実は風邪などをひいたこともなかった。

けれど、現実から来た少女がこの世界の気温をどう感じているのか。確認したことはなかったが、もしかしてということもある。

睦実は慣れないかぎ針を使って、なんとかカーディガンを編みあげると、製鉄所へもっていった。そして、わざとどうでもいい物のように五実に放り投げた。

するとそれを受け取った五実は、ふわぁっと笑みをみせた。初めて会った時と、同じような……。

「いつの間に、私のこと。睦実って、呼べるようになったのよ」

これまで五実と過ごした時間を思い返しながら、睦実は五実の髪をそっと撫《な》でた。

そして、涙目で眩《まぶ》しそうに口にした。

「いっしょにいるよ、五実……私も、現実に行くから」

驚きに顔をあげたのは、正宗だった。

「⁉　そんな、そしたらお前、消えちまう……！」

現実に長い時間いた二人の身体はますます透けて、向こうに夜の木々が揺れているのがうっすらと見える。

「この世界に残ったって、どっちにしろ時間の問題だもん」

「だけど！」

　すると、列車が動き出した。どこも異常がなかったため、運転を再開したのだろう。睦実は連結部に先に乗りこんで、五実に手を伸ばす。

「ほら、五実！」

　睦実の決意の瞳に――五実は思わず、手をつかんだ。

　睦実に引っ張られ、連結部に乗りあがる五実を見て、正宗も慌てて「俺も行く！」と叫ぶ。めちゃくちゃなフォームで走りだすが、列車はぐんっとスピードをあげていく。

「睦実、俺も……！」

　正宗は手を思いきり伸ばし、連結部にある手すりをつかもうとする。

　しかし、睦実は――手すりに思いきり伸ばした正宗の手を、取ることをしなかった。

　それどころか、なんとか手すりにひっかかった正宗の指を、一本ずつはがそうとする。

「睦実、どうして……！」

　睦実は、黙って正宗を見つめている。

「あ……俺！　嫌だ！　こんな、こんなんで別れて……俺……、俺！」

　正宗は、走る。列車はどんどん遠くなる。それでも走って、走って。

「お前達と出会えて……！」

ずざざっ。その場に転ぶ。去っていく列車に、涙ながらに叫ぶ。

「……すっげえ、楽しかったッ!!」

正宗にとって、大切な存在。睦実と五実の姿が、ぐんぐんと遠ざかっていく。立ち上がる事すらできず、涙をこらえていると、空がふっと暗くなった。

「あ……」

ひび割れが風にのって移動していく。

背後から車のエンジン音が近づいてきた。

「正宗ぇえ!」

ハッと正宗が見やると、軽自動車に乗って笹倉達が橋の下をやってきた――。

「盆祭の花火……ここから、神機狼は見えないのね」

現実を行く列車の連結部で、町に輝く花火を見下ろす五実と睦実。

睦実のすっとした鼻筋をもつ横顔は完全に透け、背後であがる花火が目や唇と重なって弾《はじ》ける。

それに気づいた五実は恐怖に襲われ、身を乗り出して「おりる!」と叫んだ。「むつみもおりる!」

必死に訴えるまなざしに、睦実は寂しそうに微笑んで軽く視線を落とした。そこで、足元にある何かに気づいてその場にしゃがみこんだ。睦実が拾いあげたものを覗《のぞ》きこんで、五実は目を丸くする。

「！　これ……しってる」

落ちていたのは、現実の正宗が買い、見ず知らずの子供に渡したハッカパイプだ。子供は母親に「そのへんに置いときなさい」と言われたものを、発車直前の記念列車の連結部分に置いたのだ。

「ハッカパイプだ。私、好きだった……そうか、現実では盆祭だもんね」

睦実は、鮮やかな色合いのハッカパイプを五実に渡した。

「出店がいっぱいでね。花火があがって、すごく楽しいよ。でも……ここはずっと冬だから。ここにいたら、お盆は永遠にやってこない」

ハッカパイプを手にした五実に、睦実は穏やかに語りかける。その笑顔の先には、うっすらと花火が輝いている。

「ねえ、五実。トンネルの先には、お盆だけじゃない。いろんなことが待ってるよ。楽しい、苦しい、悲しい……強く、激しく、気持ちが動くようなこと」

「………」

「友達ができるよ。夢もできる。挫折《ざせつ》するかもしれないね。でも、落ちこんで転がってたらまた、新しい夢ができるかもしれない……」

睦実の胸のあたりを透かして、花火が激しく散る。

「いいなあ。どれもこれも、私には手に入らないものだ」

「！　あ……」

「だから、せめて、ひとつぐらい。私にちょうだい」

睦実は「ほら」と口にすると、眼下に目をやった。

「正宗が見えるよ」

笹倉の運転する軽自動車が、下の国道を列車と並走している。新田や原、安見も一緒で、ぎゅうぎゅうに乗り込んでいる。正宗は窓をあけ、こちらを心配そうに見上げている。

睦実は、力強い瞳《ひとみ》を五実にむけてきっぱりと告げた。

「正宗の心は、私がもらう」

「え……」

「他のものは、ぜんぶあなたが手に入れて。だけど、正宗の心は私が手に入れる」

「!!」

あまりに強烈な言葉に、五実は言葉を失った。怒りなのか、悔しさなのか、指先や唇が勝手に震えて止まらない。

「私が、五実と一緒に行ってもね……この世界が終わる、最後の瞬間にね。正宗が思い出すのは、私だよ」

「や！」

五実は自分の両耳を両手でふさぐ。頭をぶんぶんと振り、全身で拒否を表現する。

それでも睦実は、言葉を止めない。

「私も、きっとそう。終わる瞬間は、正宗を思い出す」

「や、や、や！」

「正宗は、私のことが好きで。私は、正宗のことが好きなの」

「！　なかまはずれ……！」

「そうだね、でも」

睦実はほぼ透けている手で、ハッカパイプごと五実の手をくるむように握りしめた。先ほどまでの強い言葉とは裏腹に、愛情に満ちた瞳をして。

「いつもどんな瞬間も、五実を思ってる人達が——トンネルの先で、五実を待ってる」

「！………」

五実は、しばらくじっとしていた。薄れかけていく、睦実の手の温度を感じているのかもしれない。

そして、何かを決意すると——かぶっていたベールを取った。

「五実……？」

そして、挑むように睦実を睨《にら》みつけながら。その瞳に、大粒の涙をためながら……

ベールを睦実の髪につけた。

「だいきらい」

そして、こらえきれずこぼれ落ちてしまう涙を見られないように、がばっと睦実に抱きついた。

「だいきらい。だから……いっしょに、いかない」

「⁉　あ……」

「だいきらい」

五実は、しっかりと睦実に抱きついている。

本当はずっと昔から、五実はこうやって睦実に抱きつきたかった。甘えたかった。

それは睦実も同じだった……本当はこうして、五実をまるごと受け止めたかった。

「うん……、うん………」

睦実は涙ぐみ、五実を強く抱きしめかえした。お互いの鼓動が伝わってきて、お互いの命を感じることができた瞬間だった。

「うわぁ、神機狼がうじゃうじゃだよ⁉」

「くそっ。トンネルまであと少しなのに！」

高架下を、列車を追いかけながら軽自動車が行く。列車を見上げていた正宗は、目を丸く見開いた。

「睦実⁉」

列車の連結部分に、ベールを頭に着けた睦実が立っている。身を乗りだして、飛び降りるタイミングをはかっている様子だ。五実はその背後で、じっと睦実を見つめている。

「馬鹿か！　なにやってんだあいつ！」

「さ、笹倉！　もっとスピード上げて！」

「待てよ！　そんな、今だって限界……」

その時、神機狼によってほとんどが塞《ふさ》がれかけた現実から、まるで空で機関銃を撃っているかのような激しさをもってスターマインが打ちあがった。

それと同時に、睦実は、大きく手を広げて空へと飛び上がった。

「睦実⁉」

まるでベールが翅《はね》のかわりをしているかのように、美しくふわりと開く。空に咲いた大輪の花に飛び込んでいく蝶《ちょう》のようだ。

見送る五実は、眩《まぶ》しそうに目を細めた。

「止めてくれ、笹倉ッ‼」

笹倉が慌てて軽自動車を急停止させると、正宗は飛び出た。

睦実は草の生えた斜面に落ちて、下へ勢いよく転がってくる。正宗はそれを抱きとめようとしたが、睦実に激突され、そのまま二人で草むらを転がり落ちた。

「うわあっ！」

二人はやがてもつれ合って止まった。草むらに転がる正宗の上に重なった睦実は、頭を押さえながら「い……っ、たぁ……」と声をもらす。

「なにやってんだ、あほ！　血が出てるぞ⁉」

正宗の声に睦実は、ハッとなって自分の手のひらを見る。そこには、べったりと赤い血がついていた。鮮烈な、命の色だ。

「！　ねえ、正宗。すごいよ……！」

　睦実は正宗の手をがっとつかむと、額の傷にふれさせた。そして、いつかの五実のように、ぎらぎら興奮した瞳をみせて叫んだ。

「ちゃんと、痛い！」

「あ……」

「正宗がいるから！　私は生きてるんだって、細胞からわかる……今日、この世界が終わったっていい」

　正宗の手に頰ずりをして、睦実は無邪気な、とびきりの笑顔をみせる。

「私は今、生きてる!!」

「睦実……」

　そこで、二人は顔をあげた。

「神機狼！」

　神機狼が、列車を追いかけていくのが見える。いや、追い抜こうとしている。列車よりも先に、トンネルの先にある現実へのひび割れを埋めるためにだ。

　五実は、連結部に立って風をうけながら、ぼんやりこちらを振り返っていた。

「むつみ」

神機狼が迫ってくるのが見えているが、五実にとってそれはどうでもよかった。視線の先で、草むらにいる正宗と睦実がどんどん遠ざかっていく……その事実を見つめることで生まれる感情が、彼女のすべてを占めていた。

「まさむね、むつみ、まさむね」

五実の頬から、つうっ。ひとすじの涙がこぼれていく。

五実の目の前に、迫りくる神機狼。もうすぐで、列車ごと五実をとらえる——というところで。

「……ッ!!」

決意した五実は、キッと前方へと向き直った。

激しい音を立て、神機狼は列車をすり抜けていく。五実の髪が、風圧に大きく揺れる。列車を通りこした神機狼は、トンネルの手前に生まれた無数のひび割れを修復しようとする。

草地から見上げていた正宗と睦実は、思わず声をあげた。

「だめ！　ひび割れが消えちゃう！」

「五実、行け！　行ってくれ!!」

二人の祈りの中、五実は前だけを見つめたまま。

　神機狼が今、まさに修復しているひび割れの中に、列車が突っ込んでいき……。

　ゴオオオオオオッ！

　激しい風圧とともに、トンネルに吸いこまれていく。同時に、神機狼がすうっと霧散していく。

　やがてその場には、静寂が訪れた――。

「あ……」

「……間にあった」

　正宗と睦実は、顔を見あわせて笑いあった。

「あははははは……!!」

　ひとしきり笑うと、ふと沈黙が訪れた。

　優しく見つめ合う二人の顔が、静かに近づく……が。睦実は、正宗の鼻にがぶっとかみついた。そして「痛い？」と、また大きな声で笑った。

　そこに、笹倉達も駆けてきた。

「てめぇ、正宗！　いちゃついてんじゃねーぞこらぁあああ！」

　見伏のあちこちでは、歓声があがっていた。

製鉄所では、時宗が仲間達とハイタッチをして。
力なく倒れこんだ佐上の頬には、涙が伝った。
学校では美里や大人達が、祝杯と称して残りのビールを空けた。
宗司は倒れたままの列車の傍らで、空を見上げていた。
神機狼によって、ひび割れがとりあえず塞がれた。ただ、それだけのこと。
それでも、どこか高揚した気持ちを皆がかかえていた。これまで何ができたとか、
これから何ができるとか、そんなのは関係なく。
ただただ、生きている実感を、もてた。
そんな瞬間をまぼろしの世界で感じたのは、誰もが初めてだった。
高揚感の中で、睦実や仲間達とはしゃぎながら、正宗はちらと思った。
現実に戻った五実は、どんな人生を送るのだろう……と。
そして、願った。自分達が見ることができないものに、さわることが、嗅《か》ぐことが、
感じることができないものに。すべて出会って、すべて手に入れてほしい。
それは、消えていく自分達のかわりに——では、けっしてない。
五実が五実として生きていくことが、ただただ、正宗にとって嬉《うれ》しいのだ。

閉ざされた色のないまぼろしの世界で、五実は命のかたまりだった。五実がその強烈な光で、色をよみがえらせてくれた世界で、自分達は生きていく。

終わる見伏で、わずか一瞬の命だったとしても……。

五実に負けずに、生きていく。

そこで、睦実がふと顔をあげた。

「どうした？」

「泣き声が、聞こえる……生まれたばっかの、赤ちゃんみたいな」

その声は、トンネルからのものだった。

ごうごうと進む列車の上で、五実は苦し気に声を震わせていた。

「いたい……いたい、いたい……いたぁああ………」

いたいは、痛いじゃない。一緒にいたい、その、いたい。

こんなにも、こんなにもいたいのに。五実は、行かなければならないのだ。

「いた……ぁ、ああああああっ………」

子供のように、ぼろぼろ大粒の涙を流して。それでも目を見ひらいて、この痛みをすべて味わいつくすかのように、五実は泣き叫んだ。

「あああああああ……────────ッ!!」

絶叫とともに、列車はトンネルを突き進む。

土砂崩れしていたはずの場所。その先は、青い気配に満ちている。

列車は、青に向かってスピードをあげていく。トンネルを抜けた途端、目の前に現れたのは静かな海──水面に、月の光が静かに揺れる。遠く、見伏の方向からかすかに、かすかに、花火の音が響く。

それは五実が、沙希に戻った瞬間だった。

＊

駅に降り立つと、潮の香りが鼻をついた。

圧倒的な光に照らされる、古びて手入れのされていない屋根瓦《やねがわら》。アスファルトの凹凸もそのままだが、どこか清潔感がある。こんな景色は、あまり見たことがないなと沙希は思った。

がらんとしたロータリーで、一台も車のないタクシー乗り場まで歩を進めると、沙希のスマホが鳴った。

「あ、お父さん？　うん、ついたよ見伏……心配性だなぁ、大丈夫だって……あ、タクシー来た。うん、ママによろしくね。じゃ」

スマホを切ると、沙希は錆《さ》びたタクシーに乗りこんだ。

「製鉄所までお願いします」

老いた運転手は、軽く頷《うなず》くと静かに車を発進させる。

「製鉄所目当てのお客さんは、久しぶりだね。一昔前は、廃墟《はいきょ》見学ってんで物好きが集まってきたけど。もうほとんど取り壊されちまったから……あ、これ」

運転手は、やたら粒の大きな飴《あめ》を、前方を見たまま沙希に手渡してきた。

「あ、すいません……」

飴を、口の中に放りこむ。大きいだけではなくざらめがついていて、さらに口のなかでの扱いに手間取る。

「まあ、いつまであっても気味悪いからね。あそこじゃ昔、神隠し騒ぎもあってさ……まあ、噂だけどね。噂」

「ほーなんれすね」

沙希は、運転手の言葉に曖昧《あいまい》にあわせた。

製鉄所の敷地はがらんとしていて、ロープが張られていなければどこからどこまでがそれなのかもわからない。風に揺れる草の波を沙希が歩いていくと、立ち入り禁止になっている区域があった。

製鉄所のほとんどが取り壊された中、緑に侵食されてひっそり佇《たたず》む第五高炉。

沙希がこの場所に行くことを、父親の正宗は反対していた。しかし、母親の睦実は「行っておいで」と背中を押してくれ、やがて正宗も折れてくれた。

沙希は、この場所で暮らしていた。その頃の記憶は、ほとんど薄れている。

『幼い頃に行方不明になった少女が、十年の時を経て戻ってきた』

そのショッキングな出来事に、当時は世間が大騒ぎし、雑誌やネットなどに憶測も書かれた。子供を持つ親にとってぞっとするような、嫌悪感を起こさせるようなものであったり。お涙頂戴《ちょうだい》的なものであったり、動物に育てられたというようなものであったり……。

沙希は消えていた間のことを、大人達に語った。

製鉄所で暮らしていたこと、母親と同じ名前の少女に育ててもらっていたこと、父親と同じ名前の少年とも仲良くなったこと——沙希は混乱しているのだろうと言われていた。まずこの十年、製鉄所は立ち入り禁止になっていた。住めるはずなどないのだ。

警察は調査を続けようとしたが、止めてもらおうと言い出したのは睦実だった。無事に帰ってきたのだからいいではないかと。

もちろん、これ以上の余計な詮索《せんさく》をされたくないというのが大きな理由ではあった。沙希をはやく、普通の生活に戻してやりたいという気持ちも強かった。しかし、もっと大きな理由があった。

「きっとね。沙希は、愛されてたのだと思う」

沙希は言葉こそつたないものの知識や心の豊かさなどがあり、なによりその穢《けが》れのない笑顔を見れば、愛を注いで育てられたのだということは推測できた。

だからこそ先日、成人になったばかりの沙希が、この場所に一人で訪れてみたいと言い出した時も、信じて受け入れようと思ったのだ。

かつん、と第五高炉内へ足を踏み入れる。

五実が暮らしていた頃の痕跡《こんせき》は、当然ながらまったくない。どこか神殿のような静けさに、朽ちた屋根から大きく光が差す。

埃《ほこり》が日差しに輝いている。父親譲りで絵を描くのが好きな沙希は、春から美大に通っている。この場所で暮らしていた記憶は、日に日に薄れていく。それを、絵に残しておきたい。沙希はそう思って、この場所へ来たのだ。

埃を軽くはらうと、段差に腰かけ、カバンから画材を取り出していく。

壁や窓ガラスには、訪れた人々が書いた落書きがある。ありがとう、忘れません……など、製鉄所へのメッセージだ。スプレーのものもあれば、積もった埃に指で書いたものもある。何気なく見ていた沙希は、そこで大きく目を見開く。

「！　あ………」

すうっと静かに光があたる場所に、浮かび上がった落書きがあった。

それは、何かで引っ掻《か》いたようなタッチの、寄り添う二人の少女が描かれた絵。穏やかな表情をしている少女は、睦実と、五実だった。

この絵は、誰が描いたのか？

沙希から話を聞いた父親……現実の正宗が、描いたものなのか。それとも。

「……ふふっ」

軽く息をつくと、沙希は顔をあげる。その顔には、あの頃のように無邪気な、とびきりの笑みが浮かんでいた。

この場所は、沙希の、初めての失恋が生まれた場所だ。

本書は書き下ろしです。

アリスとテレスのまぼろし工場《こうじょう》

岡《おか》田《だ》磨《ま》里《り》

令和5年 6月25日　初版発行

発行者●山下直久

発行●株式会社KADOKAWA
〒102-8177　東京都千代田区富士見2-13-3
電話　0570-002-301（ナビダイヤル）

角川文庫 23692

印刷所●株式会社暁印刷
製本所●本間製本株式会社

表紙画●和田三造

●お問い合わせ
https://www.kadokawa.co.jp/（「お問い合わせ」へお進みください）
※内容によっては、お答えできない場合があります。
※サポートは日本国内のみとさせていただきます。
※Japanese text only

ISBN 978-4-04-113774-1　C0193

角川文庫発刊に際して

角川源義

第二次世界大戦の敗北は、軍事力の敗北であった以上に、私たちの若い文化力の敗退であった。私たちの文化が戦争に対して如何に無力であり、単なるあだ花に過ぎなかったかを、私たちは身を以て体験し痛感した。西洋近代文化の摂取にとって、明治以後八十年の歳月は決して短かすぎたとは言えない。にもかかわらず、近代文化の伝統を確立し、自由な批判と柔軟な良識に富む文化層として自らを形成することに私たちは失敗して来た。そしてこれは、各層への文化の普及滲透を任務とする出版人の責任でもあった。

一九四五年以来、私たちは再び振出しに戻り、第一歩から踏み出すことを余儀なくされた。これは大きな不幸ではあるが、反面、これまでの混沌・未熟・歪曲の中にあった我が国の文化に秩序と確たる基礎を齎らすためには絶好の機会でもある。角川書店は、このような祖国の文化的危機にあたり、微力をも顧みず再建の礎石たるべき抱負と決意とをもって出発したが、ここに創立以来の念願を果すべく角川文庫を発刊する。これまで刊行されたあらゆる全集叢書文庫類の長所と短所とを検討し、古今東西の不朽の典籍を、良心的編集のもとに、廉価に、そして書架にふさわしい美本として、多くのひとびとに提供しようとする。しかし私たちは徒らに百科全書的な知識のジレッタントを作ることを目的とせず、あくまで祖国の文化に秩序と再建への道を示し、この文庫を角川書店の栄ある事業として、今後永久に継続発展せしめ、学芸と教養との殿堂として大成せんことを期したい。多くの読書子の愛情ある忠言と支持とによって、この希望と抱負とを完遂せしめられんことを願う。

一九四九年五月三日